Terra baixa

Terra baixa

Àngel Guimerà

Edició a cura de Sebastià Bech

Editorial Barcanova

Mallorca, 45, 4a planta
08029 Barcelona
Telèfon 932 172 054. Fax 932 373 469
e-mail: barcanova@barcanova.cat
www.barcanova.cat

Disseny de la col·lecció: Laia Salcedo
Fotografia de la coberta: AGE-Fotostock

Segona edició: octubre de 2006
ISBN: 84-489-1589-5
Dipòsit legal: B-45.064-2006

Printed in Spain
Imprès a Romanyà Valls, S.A.
Plaça Verdaguer, 1. 08786 Capellades

ÍNDEX

Terra baixa

Drama en tres actes

PERSONATGES

Marta
Pepa
nuri
Antònia
Manelic
Sebastià
Tomàs
Mossèn
Josep
Xeixa
Nando
Perruca

Pagesos i pageses

L'escena en la terra baixa de Catalunya i en nostres dies.

ACTE PRIMER

Casa-molí a pagès. La cuina. Al fons, banda esquerra, una porta sobre dos graons que estarà coberta per una cortina. Al fons, banda dreta, porta gran que dóna a un porxo; pel costat dret del porxo s'anirà cap al lloc de les moles; més enllà del porxo hi haurà cases, arbres, etc. A la banda dreta de l'escena una porta. A la banda esquerra, en primer terme, la llar, i en segon terme una porta petita. Al mig de l'escena una taula de menjar. Pertot cadires, bancs, eines del molí, sacs de blat, etc. És al caient de la tarda.

ESCENA PRIMERA

XEIXA *garbellant blat. Després* PEPA *i* ANTÒNIA.

XEIXA: Tant se me'n dóna que quedi net com brut, aquest blat. (*Buida el garbell i torna a omplir-lo.*) Té: i que li amargui a l'amo.

PEPA (*ve de fora amb un cabàs de mongetes per esclofollar*): Déu vos guard.

XEIXA: Bo! Les d'aquí al costat!

ANTÒNIA (*entrant*): Hola, Xeixa!

XEIXA (*indiferent*): Hola.

PEPA: Venim a fer companyia a la Marta. Sembla mentida! Lo molí tocant a casa, i si nosaltres no vinguéssim... Oi, Xeixa?

XEIXA (*seguint garbellant indiferent*): Oi.

ANTÒNIA (*cridant*): Marta! Marta!

PEPA (*cridant*): Som les Perdigones. Surt!

XEIXA: No sortirà pas, la Marta. Amb això, si veniu a fer les tafaneres, ja us en podeu entornar, que no hi ha feina.

PEPA (*asseient-se*): Què vol, aquest? Veuràs: jo esclofollo les mongetes pel sopar. Ajuda'm, Antònia.

ANTÒNIA (*a la Pepa*): I pregunta-li del casament.

PEPA (*a l'Antònia*): Espera't.

ANTÒNIA: Àpala, dona!

PEPA: Doncs... Doncs, que es casa o no es casa, la Marta?

XEIXA (*cantant i garbellant. Burlant-se'n*): «A la vora de la mar — n'hi ha una donzella...».

ANTÒNIA (*a la Pepa*): Torna-hi.

PEPA: Xeixa: doncs que es casa?...

XEIXA: Pepa!...

PEPA: Què hi ha?

XEIXA: Doncs que us caseu o no us caseu, vosaltres?

PEPA: Ves amb què sortiu, ara!

ANTÒNIA: Què n'heu de fer, vós?

XEIXA: Com que ja l'heu passat, lo floret de la joventut... Que l'Antònia ja deu anar pels quaranta. (*A la Pepa.*) I tu, minyona, si fa no fa!...

PEPA: És que no ens n'amaguem cap, nosaltres, d'any!

XEIXA: Quants, doncs, quants?

ANTÒNIA: Ne tenim... els que ens dóna la gana!

PEPA: Esclofolla, dona! (*Fent la carinyosa.*) Veureu, Xeixa: nosaltres voldríem saber com està això de la Marta...

XEIXA (*no deixant-la seguir*): No sé què us passa a tots, los Perdigons, que ningú us truca a la porta.

PEPA: És que si jo em volgués casar!... (*Cremada.*)

ANTÒNIA: I jo, ves! Jo que... (*Ho han dit les dues juntes.*)

XEIXA (*no deixant-les dir*): El vostre germà gran, el Josep, se va casar; i té, viudo als quatre dies. El Nando és solter, i... res, que a hores d'ara us trobeu per merèixer entre mascles i femelles cinc de la germandat. (*Lo volen interrompre. Ell riu.*) Cinc de despariats, i que s'estan al saltador… i no n'hi ha de fets. I vaja, que si no es casa la Nuri quan siga més grandeta, se'n perdrà la mena, dels Perdigons. (*Se'n torna a garbellar rient desvergonyit.*)

PEPA: Tot això és de ràbia, Antònia, perquè no s'ha pogut casar amb la Marta.

XEIXA (*cantant i burlant-se'n*): «A la vora de la mar — n'hi ha una donzella — n'hi ha una donzella…».

PEPA: I que en deveu tenir de verí al cos d'ençà que es va morir el pare de la Marta! Vós us diríeu, és clar: s'ha mort el moliner; ara em casaran amb la molinera. I mireu's-e: d'això ja fa un any, i us l'espinyeu, el casament, com nosaltres.

XEIXA: Val més que canti. (*Segueix cantant.*)

ANTÒNIA: Que en té poca a la cara!…

PEPA: Esclofolla! Que no veus que l'engreixes?

ESCENA II

PEPA, ANTÒNIA, XEIXA *i* NURI, *que ve fent una samarra de punt de mitja.*

NURI (*de la porta*): Ja he dut a jóc els indiots, jo. Que vinc?

ANTÒNIA: I vine, dona!

NURI: Com que sempre em renyeu perquè m'estic amb la Marta. És que ella m'estima més que vosaltres. Ai, ai.

PEPA: Bé, digues d'allò, d'allò.

(*En Xeixa entra i surt del porxo fent feina.*)

NURI: De primer... De primer colliu-me aquestos punts de la samarra. M'hi enganxat per uns rebolls de tant de pressa... (*Los hi cull l'Antònia.*)

PEPA: Bé, què saps?

NURI: De què?

PEPA: Per què t'hem fet anar a l'ermita, doncs?

NURI: Oh, no hi era el Tomàs! L'ermitana sí, que m'ha dit unes coses!... I quines coses m'ha dit l'ermitana!

PEPA (*a l'Antònia, que anava a parlar*): Deixa dir a la Nuri.

NURI: Doncs m'ha dit: «Mira't, Nuri: tot això que veus, tot, tot és de l'hereu Sebastià. La caseta en què viviu vosaltres —vol dir la nostra, Pepa—, aquesta ermita, el molí —aquest, aquest—, el mas gran a on viu l'hereu Sebastià, tot això que sembla un poblet escampat, tot, tot és de l'hereu Sebastià». Ves, si me n'ha dit, de coses!

PEPA: Això ja ho sabíem.

ANTÒNIA: I tal, dona.

NURI: Oh! Espereu's-e, espereu's-e, que encara en sé més, encara. M'ha dit que si caminava, caminava... d'ara fins a demà al vespre, encara tot, tot fóra de l'hereu Sebastià. Veureu, veureu: que si agafo un aucell, que el deixi, que és de l'hereu Sebastià; que si passa un llargandaix, que no l'apedregui, que és de l'hereu Sebastià; que si corre un barb per la riera, que no el pesqui, que és de l'hereu Sebastià!...

ANTÒNIA: Bé, sí!

PEPA: I d'aquí, d'aquí, què t'ha dit?

NURI: Doncs jo tot això no ho sabia, i ella, l'ermitana, i l'ermità, que fa quatre dies que han vingut, ja ho saben.

PEPA: I a on era l'ermità?

NURI: L'ermità? L'ermità se n'havia anat a buscar el pastor; un pastor que és de molt lluny, molt lluny, per casar-lo aquest vespre amb la Marta.

PEPA: (*alçant-se*): Ja m'ho temia jo.

ANTÒNIA: Aquest vespre?

XEIXA (*tornant al garbell. A part*): Té; elles ho han sapigut!

ANTÒNIA: I qui l'hi ha fet anar, al Tomàs?

PEPA: El Sebastià. Oi, Nuri?

NURI (*que vol fer samarra*): Ai, que m'amoïneu!

ANTÒNIA: Digues, digues.

PEPA: I que no te'n passis res!

NURI: L'hi ha fet anar l'hereu Sebastià. Com que ell és l'amo de tu, i de mi, i de l'ermità, i de la Marta, mira't, ell fa els casaments, i mira't, se casen, i… mira't… és l'amo. Plega'm aquest punt, corre. (*No li fan cas.*)

ANTÒNIA (*al Xeixa*): I aquest que no ho volia que ho sapiguéssim!

PEPA: Doncs hi anirem, hi anirem al casament, mal que tots se rebentin.

XEIXA: A mi sí que…!

NURI: Jo ja fa temps que ho sabia que la Marta ho deia que era de l'hereu Sebastià; sinó que no ho entenia aleshores, ves. (*Riu amb candidesa.*)

PEPA: Què diu aquesta!

NURI: Jo, jo. Que ho vaig sentir un dia; sinó que no us vaig dir a vosaltres perquè me'n donava vergonya. I jo no ho sé, perquè me'n donava vergonya; me'n donava!

PEPA: Veiam, què és això; veiam.

NURI: Doncs una tarda, jo que tenia els indiots a l'ombra dels castanyers, me veig venir pel camí de baix a l'hereu Sebastià i a la Marta, i jo que m'amago; i ells que passen poc a poc, poc a poc, com si fessin *passeio*, i sento que deia ella plorant: «Ja ho sé, ja, que sempre tindré de ser teva». I ell, l'amo, l'amo que li va fer de contesta: «Jo, encara que tu et casessis, i encara que jo em casés, sempre seré teu». Teu vol dir que ell sempre seria de la Marta. Oi, que és estrany?

PEPA: Què te deia jo, Antònia?

ANTÒNIA: Això deien?

NURI: Sí que ho deien, sí; i ella plorava, i ell sèrio.

XEIXA (*a part*): Fins les criatures s'han d'enterar d'aquestes coses! Jo no ho hauria de permetre que passés avant, això!

NURI: Pepa, explica-m'ho, això. Que la Marta siga del Sebastià, com tu i com jo… ja ho entenc; però que ell siga de la Marta…

PEPA: Bé; deixa-ho córrer.

XEIXA: Al menos calleu, ara que ve la Marta.

PEPA: Veuràs; ja ho coneixeré jo de seguida si està contenta.

ESCENA III

MARTA, PEPA, ANTÒNIA, NURI; *després* JOSEP *i* NANDO. *Les dones creuen que la Marta sortirà de la porta que està coberta amb la cortina, mes ella ve del molí. Avança cap al mig de l'escena amb lo cap baix, i a l'adonar-se de les dones se fica de pressa per la porta de la cortina.*

ANTÒNIA: Té: si ve de les moles! I nosaltres que ens pensàvem...

PEPA: Veiam que ens dirà quan ens vegi.

ANTÒNIA: Jo em penso que resa. (*Cridant-la.*) Marta!

NURI: Si se'n va!

PEPA: Marta! Marta! (*Ella se'n va més de pressa.*)

ANTÒNIA: Som nosaltres! (*Ja és fora. En Xeixa se n'ha anat ara cap al porxo.*)

PEPA (*girada cap a la cortina*): Veuràs: tant és que facis com que no facis, que hi vindrem, al casament. Poca-vergonya!

NURI: Això! Que n'hem d'apendre de casar-nos, nosaltres.

PEPA: Ara que ho sàpiguen el Josep i el Nando.

ANTÒNIA: Si ja són aquí els germans! (*Vénen amb les eines del camp a coll i entren de pressa i cansats en Josep i en Nando.*)

JOSEP: Ja ho sabem tot, tot. (*Ràpid.*)

NANDO: Aquest vespre es casa. (*Íd.*)

PEPA: Jo ho he sapigut de primer, jo.

JOSEP: Nosaltres, que ens ho ha dit el Perruca.

ANTÒNIA: A nosaltres la Nuri... (*La Nuri mentrestant fa samarra.*)

PEPA: Que l'hi ha dit l'ermitana. (*Tot molt animat.*)

NANDO: Doncs al Perruca l'ermità mateix.

PEPA (*perquè no cridin*): Que ella és allà dintre que s'empolaina!

JOSEP: Doncs ho sabem tot, tot. Veureu: feia dies que l'hereu Sebastià li buscava un marit an aqueixa, i no n'hi trobaven cap que li fes, perquè volia un marit que fos ben bèstia, i més bèstia que tots los de per aquí no el trobaven. I és que volia que no sapigués res de...

NURI: De què?

PEPA: Digues, digues.

JOSEP: Doncs l'ermità, que no pensa mal, va dir a l'amo que coneixia un minyó que és pastor, i que no s'havia mogut mai de la vora dels moltons allà pels camins de les Punxales, i que era un tros de pa. Al sentir-ho l'amo va esclafir a riure, perquè ja el coneixia an aquell beneit de pastor. Com que era d'ell lo ramat que guardava! I va dir al Tomàs que, si ell s'hi avenia, ja li feia peça. I no sé com s'ho van engiponar que, tot d'amagat, aquests dies ja la Marta l'ha vist an ell i ell ja l'ha vist a la Marta, i tot està a punt per avui. Afigureu's-e si és rucàs el Manelic. Li diuen Manelic, sabeu? Doncs afigureu's-e si ho és, de rucàs, que amb prou feines ha vist quatre persones en sa vida, i encara mascles, que de dones... potser ni la ferum n'ha sentit, de les dones.

PEPA: Eh, que sembla mentida, Antònia, que hi hagi xicotes que es casin aixís?

NURI: Pobra Marta! Ai, ai! Doncs a mi m'estima força la Marta! I fins un dia, plorant, me va dir que era igual que jo quan era petita.

PEPA: Com tu? Quant pagaria! Vés dient, Josep, corre.

JOSEP: Veureu: ahir va sortir de l'ermita el Tomàs a buscar al Manelic perquè es casin tot seguit que arribi. Que no l'han volgut aquí fins al casament perquè no s'enteri de res. (*La Nuri vol replicar i no la deixen.*)

PEPA: I com ho saps?...

JOSEP: L'ermità, a l'anar ahir cap a les Punxales, s'aturà a beure al mas Perruca, i tot satisfet ho va contar a l'hereu Perruca, i el Perruca an a mi. Oh! I que ho va contant a tothom d'aquestos volts! I que aquí no s'ho pensen, i es trobaran que vindrà una gentada al casament.

PEPA: I quin paper més lleig que fa, l'ermità! Ecs!

JOSEP: És que el Tomàs no ho sap, tot això del Sebastià i de la Marta... Que no ho veieu que fa quatre dies que el pobre vell té l'ermita?

ANTÒNIA: Doncs jo ho diré tot, i no es farà el casament.

JOSEP: Reïra de...! Sí, xerreu, i l'amo que ens prenga la casa i les terres!

PEPA (*a l'Antònia*): Nosaltres mudes.

NANDO: Res, res; ja s'ho trobaran.

JOSEP: L'amo tot ho fa bé, que és l'amo! Ho sentiu, ruques?

PEPA: A qui dius ruques! Tu sí que ets ruc, tu! (*Segueixen insultant-se tots.*)

NANDO: La Marta!

MARTA (*cremada i plorosa*): Fora tothom d'aquí! No vui veure a ningú!

PEPA: Si ja ho sabem tot, dona.

MARTA: Que us en aneu, dic.

JOSEP: És que nosaltres veníem...

MARTA: A casa vostra! (*No es mouen.*) Que us en aneu! Doncs!... (*Agafant eines, cabassos i tirant-los-hi tot cap al porxo.*) Teniu! Tot! Tot! Aneu! Aneu! (*Se'n van replicant.*)

PEPA: Ai! Les mongetes! (*Arreplegant-les de terra.*)

NURI: I jo també, Marta! (*La Marta no s'hi ha fixat, en ella.*)

PEPA: Ajuda'm, Antònia. (*Per les mongetes.*)

MARTA: Tots! No vui ningú! Fora!

NURI: Si sóc la Nuri! (*Los altres ja van desapareixent.*)

MARTA (*carinyosa*): Tu, Nuri! Vine; fes-me un petó! Té i té. (*Besant-la i plorant.*) Deixa'm! Deixa'm!

NURI (*sortint*): Pobreta! No sé què deu tenir! M'ha mullat la cara!

ESCENA IV

MARTA

MARTA: No sé per què tinc de plorar d'aquesta manera! Tants anys que no ploro així!... Si jo em pensava que ja ni en sabia! (*Se va eixugant amb pauses.*) Jo havia de dir que no, i sempre que no, al Sebastià; que per força no m'hi casarien! Ara ho veig, ara, lo desgraciada que sóc. (*Pausa.*) Si no sóc ningú, jo, ningú; que em van agafar com a una bèstia, i com una bèstia m'han criat; i ara... Mareta meva! (*Pausa.*) Jo no el vui, no, a aquest home! Jo no l'haig de voler al Manelic! Que em deixin estar tota sola! (*Petit remor fora.*) Serà el Sebastià; que no ho vegi que ploro, que em pegaria, el males entranyes! Si ell me pegava fins que em matés, sí que ploraria, sí; sí que ploraria. Mes el Sebastià també deu patir casant-me a mi, ara; perquè si no em portés voluntat, ell prou que em llençaria! I, té, no; que em vol aquí! aquí sempre, sempre! (*Pausa.*) Que en dec ser de dolenta jo! Dolenta d'aquí ben endintre! (*Per son cap.*) Perquè si no ho fos tant, de dolenta, tindria més esperit, jo, i ja fa temps que hauria fugit d'aquesta casa, o m'hauria tirat pel xuclador de la resclosa! (*Rabiosa contra ella mateixa.*) I no m'hi tiraré ni avui mateix; i fins m'hi casaré amb aquest home! (*Remor a fora.*) Què és això a fora! Serà el pastor! Sí, sí; serà el Manelic! Jo no el vui veure! Jo no el vui veure! (*Fuig cap a dintre.*)

ESCENA V

NURI, TOMÀS, XEIXA, PEPA *i* ANTÒNIA.

NURI (*corrent*): L'ermità! L'ermità!
TOMÀS: Ai! ai! I quina cruixidera als ossos, Xeixa!

PEPA: I doncs, que no ha baixat, aquell pastor? (*En Tomàs s'ha assegut.*)

NURI: Se diu Manelic. Quin nom més bufó! Fa cabrit, oi?

ANTÒNIA: I que no baixa?

XEIXA: No l'amoïneu, al Tomàs.

TOMÀS: Veureu: el Manelic ja tresca a hores d'ara; sinó que el minyó ha tingut d'ensinistrar a l'home que es queda amb el ramat. Mes digueu a la Marta que no trigarà, no, que ja pot fer tocar les campanes!

PEPA: Anem-hi, i veurem què fa.

ANTÒNIA: Jo davant, jo.

NURI: Jo l'hi diré, jo.

XEIXA (*cridant*): Aquí totes! De seguida!

TOMÀS: Quan penso que jo l'hauré fet, aquest casament, tinc una mena d'alegria!...

XEIXA: I tanmateix s'hi casarà aqueix pastor amb la Marta, Tomàs?

TOMÀS: Que si s'hi casarà, dius? Si està boig de content, l'home! Pobret! Això per ell és com si tornés a néixer.

PEPA: És que jo he sentit a dir que és un totxorrot.

ANTÒNIA: Sí, sí; un babau.

XEIXA (*a part*): Jo l'hi haig de contar tot, al Tomàs.

TOMÀS: Babau!... Qui ho diu que és un babau el Manelic? És un àngel de Déu. Tot bondat, i amb un cor! Que prou jo el conec de quan el tenia de rabadà. Això sí, també té el seu geniot, també; que un dia de poc no mata un home.

ANTÒNIA: I com és? Com?

NURI: Jo em penso que deu ser més bonic!

PEPA: Calla, dona, calla.

TOMÀS (*molt alegre*): Doncs veus aquí que hi he arribat i encara no era ben bé de dia, i me'l trobo encara dintre la jaça voltat dels bens i cantant, l'home. Los gossos quan m'han sentit, quins lladrucs! Jo em penso que el Manelic m'ha pres per una mala cosa, perquè anava a agafar l'escopeta. Compteu quan m'ha vist! S'ha posat a saltar com... com una daixonses; perquè n'està d'enamorat! (*La Pepa i l'Antònia se'n burlen.*)

NURI: Pepa; i se salta si s'està enamorat? ¿I com se fa per estar-ho?

TOMÀS (*rient*): Aquesta m'ha fet riure! Com se fa, tafanerota? Se n'està, vet-ho aquí; que això no s'ensenya ni a la doctrina, ni a estudi, ni... ni... Se n'està i prou. Si ell m'ha dit que tot lo dia se'l passa enraonant amb la Marta! (*Les dones no ho entenen.*) Sí, sí: per fer-s'hi. Ca! Si té una cabrota que tot lo dia la crida: «Marta, ací! Marta, allà!...». (*Tots se posen a riure.*) I ara sortim a fora, que està per arribar el Manelic. (*S'alça per anar a fora.*)

NURI: Anem!

PEPA (*al Tomàs*): Agafeu's-e.

TOMÀS: Ja puc, ara. (*Van cap a la porta.*)

XEIXA: Espereus's-e, Tomàs.

ANTÒNIA: Anem, anem. (*Surt.*)

NURI (*empenyent a la Pepa*): Surt! De pressa!

TOMÀS (*a Xeixa*): Què hi ha?

XEIXA: Escolteu. Que no hi havíeu estat mai per aquestes terres?

TOMÀS: No, fill.

XEIXA: Ni al mas de l'amo, ni aquí?

TOMÀS: Veuràs: jo menava terres d'un oncle del Sebastià, d'allà vora Figueres. I ja no podia, en bona refè. I el Sebastià m'ha donat l'ermita per mi i la dona. I si tu ja ho saps que fa quatre dies que hi som!

XEIXA: És a dir, que vós no sabeu res de...

TOMÀS: De què? Parla clar, home.

XEIXA: Doncs, clar; veureu. Que si el Manelic és un ximple, com diuen, no es té de casar amb la Marta; i si no ho és, menos.

TOMÀS: Potser sí que t'hi voldries casar tu! Mira't que ja us conec a vosaltres!

XEIXA: Jo? Ni que me la donessin coberta d'or, a la Marta, la voldria. I mireu: busco amo per anar-me'n, que prou n'hi he aguantat de coses. Mes aquesta pillastrada que ara faran aquí no l'aguanto.

TOMÀS: Digues, digues, que no m'agrada fer mals pensaments.

XEIXA: No ho sé si ho sabeu com va començar aquest tripijoc. Veureu, anem al gra. La Marta, que era una minyoneta, captava pel món amb son pare... o un que li feia de pare, que això mai ho he vist clar. I el Sebastià... m'enteneu?, els va fer quedar als dos en aquestes terres, i al vell li va donar, perquè el portés, aquest molí.

TOMÀS: Això ja ho sabia. I ben bé que va fer el Sebastià.

XEIXA: Doncs ho va fer...

TOMÀS: Digues.

XEIXA: Si sembla que no em vulgueu entendre! Doncs ho va fer, vaja, perquè la Marta i el Sebastià…

TOMÀS: Això és mentida! Embusteràs!

XEIXA: Espereu's-e. I sabeu ara per què la casa?

TOMÀS: Que et dic que ets un embustero! Ho sents?

XEIXA: Deixeu-me dir! Doncs la casa a fi de que la gent no enraoni. Perquè el Sebastià té empenyades les hisendes i els ramats, i els tribunals estan per tirar-s'hi a sobre. I ell per salvar-ho tot s'ha de casar amb una pubilla. Sinó que no l'haurà, la pubilla, mentres que no es crega tothom que s'ha acabat això de la Marta.

TOMÀS: Te torno a dir que això és mentida!

XEIXA: Si lo de la Marta ho sap tothom, aquí!

TOMÀS: Mala llengua! Vés-te'n d'aquí, si no…! (*Amenaçant-lo.*)

XEIXA: Doncs digueu que vós hi consentiu!

TOMÀS: Que jo hi consento!…

XEIXA: Sí, que ho he dit, sí!

TOMÀS: Dolent! Mal escorpit!

XEIXA: Sí, que ho he dit, sí. (*Van a agafar-se quan se senten crits a fora.*)

ESCENA VI

MANELIC, XEIXA, TOMÀS, NURI, PEPA, ANTÒNIA, JOSEP, NANDO *i* PERRUCA, *homes i dones. Crits i gatzara de tothom. S'anirà fent fosc.*

JOSEP (*des del porxo*): Ja és aquí el Manelic!

CRITS (*fora*): El nuvi! El nuvi! El Manelic!

PEPA (*entrant*): Que no surt la Marta!

NANDO (*amb dos o tres d'altres, entrant*): El nuvi! El nuvi!

MANELIC (*entrant*): I sí que ho sóc aquí! I com una daina que he vingut corrent! (*Molt expressiva l'alegria.*)

NURI (*entrant, amb Antònia i Perruca i altres*): Deixeu-me'l veure! Jo el vui veure!

TOMÀS (*rient, al Manelic*): I quin córrer, el bona peça!

MANELIC (*al Tomàs*): I no per vós, no; per ella que corria! A on és, a on, la meva galindaina?

PEPA: Marta! Marta!

TOMÀS: Ara sortirà, ara!

MANELIC (*per los que el volten*): Que gent hi ha al món, Mare de Déu! Si sembla que siguem a Núria! (*Tots riuen. Ell corre a mirar per la porta de la cortina i torna al mig.*) Vosaltres tots que contents! I jo també! Tira-li! Sinó que si em giro cap a muntanya em poso xup, que ploraria; que hi deixo els moltons i els gossos que m'estimem com a germans, mal m'està el dir-ho! (*Mig plorant.*) Ai, Tomàs, sense jo, el llop! (*Ploriqueja alt. Tothom riu, i ell, a l'adonar-se'n, s'eixuga els ulls i riu bondadós. De cop se'n va a mirar per la porta de l'esquerra per si hi ha la Marta.*)

NURI (*rient fort quan ja els altres no riuen*): Ai, que em fa riure, el trapasser!

TOMÀS: Au, reposa, home.

MANELIC: Doncs que no hi baixa per aquí el llop, minyons?

XEIXA: Massa que hi ve, reïra! Ja el veuràs, ja. Si Déu no t'ajuda! (*Riu la gent maliciosament, i els uns als altres se diuen que dissimulin.*)

MANELIC: Sembla que avui nos casem tots aquí! Quin riure!

TOMÀS: Què tanta gresca! Aneu fora, aneu; encara trigarà el casori. (*En Xeixa també els vol treure.*)

MANELIC: No els tragueu, no; fins que surti la Marta. Oi que és guapa la Marta, minyons? Oi? Oi? Oi que és guapa? (*Ha anat d'un grupo a l'altre preguntant-ho, ficant-se pel mig atolondradament.*)

PEPA: Prou! I fresca, i… dallonses…

JOSEP: Ja ho crec! (*Tots han anat dient que sí.*)

MANELIC: Doncs mentres que ella es clenxina allà dintre, i es renta la cara… per mi que se la renta, per mi, la cara… vos contaré a tots, vaja, com s'ha engiponat això de que ens aparellessin. (*S'asseu a la taula.*)

JOSEP: Conta, conta. (*Altres ho diuen amb ell.*)

PEPA (*i altres*): Digues, digues.

NURI (*posant-se dreta vora d'ell*): Jo aquí. Jo aquí. (*En Xeixa s'estarà molt de temps dintre el porxo sense que se'l vegi. En Tomàs estarà assegut lluny, trist.*)

MANELIC: Vet aquí que jo cada vespre quan los bens s'ensopien i els gossos feien lo cap viu a l'entorn de la jaça, em ficava a la barraca, i abans de que fes cap al *Sant Sunyé*, vet aquí que deia dos parenostres. L'un el deia per l'animeta del pare i de la mare, que, com s'estimaven tant, ja se'l partien; i l'altre parenostre el deia cada vespre, sabeu?, perquè Nostre Senyor me triés una... una bona muller. (*Riu tothom. En Manelic se crema.*) I que no rigueu d'això, que això no és cosa de riure! (*Cremant-se més perquè segueixen rient.*) I al que torni a riure li clavo una bufetada! (*Tots deixen de riure.*)

TOMÀS (*a part*): Però si jo no ho puc creure això, Reina Santíssima!

NURI: Digues, digues, que és més bonic, això!

MANELIC (*tornant a posar la cara complascuda*): Sí, sí que ho és, sí! (*Rient.*) Doncs veureu que una nit jo que dic el parenostre pels pobrets de casa, bueno. I jo que començo l'altre. I a mig dir... tururut: adormit. I aquella nit vaig somniar que els ramats me fugien de dret als gorgs de Carençà; i jo, empaitant-los, que els hi engego un còdol; i vatua, el còdol va anar a dintre del gorg major! I l'aigua que comença a bullir, bullir i a treure una mena de fum negre... I entremig d'aquell fum que em surten unes... unes coses estranyes, amb uns ulls i uns braços i... i una mena de faldilles que mai s'acabaven; que no ho sé si eren bruixes o si no ho eren, de bruixes... I una d'aquelles... *envenzions*, vet aquí que es va tornar més maca!... que semblava la Mare de Déu de Rocalaigua. (*Pausa, eixugant-se la suor, rient.*) I ella que em fa agenollar. I com que em va semblar que volia que li digués el parenostre aquell de la muller, que li devia, jo que l'hi dic. I en acabat, jo que m'adormo altra vegada. I no ho vaig saber, si ho era una bruixa o la Mare de Déu. Sols sé que em va dir, tot adormint-me jo, que aviat me casaria. (*Tothom ho *comenta.*) Calleu, calleu, que no he acabat encara. I a l'endemà de tot allò jo que em veig sortir d'entre la boira terrala a cavall de tres mules a tres persones veritables. L'una persona era En Tomàs: vós, vós, *malandando*, que ja me les pagareu totes! Ah, vatua! (*Rient, de broma.*)

TOMÀS: Jo, sí; i que no me'n penedeixo. (*Amb intenció, picant a terra amb lo bastó.*)

MANELIC: L'altre era l'amo, el *sinyor* Sebastià, i l'altra persona ja us ho podeu pensar que era la Marta. Compteu jo quina feina a escorxar un cabrit, i a espetarrellar-lo al foc, i a riure!... I quan ja ens el menjàvem, l'amo que em diu: «Manelic, que t'agrada ser pastor?». «Prou!», jo que li faig. I ell que em diu: «I que no t'agradaria ser moliner?». «Si hi hagués blat per moldre!», jo que li faig. I ell que hi torna: «I que no t'agradaria casar-te?». «Prou i reprou —jo que també hi torno— si hi havia dona que em volgués, i... fos maca!». I jo allavores estirava la carn del cabrit amb una delera! I em giro; i la Marta se n'havia anat d'aquí enllà amb vós.

TOMÀS: Perquè parléssiu tu i l'amo.

MANELIC: Com de fet que parlàrem. I que el *sinyor* Sebastià em va dir molt seriàs i baixet, que casi no el sentia, que... «Veuràs; tinc un molí tocant a casa, i com que es va morir el pare d'aquesta xicota, hi falta un home al molí que li faça de costat i que siga un tros de pa; i com que tu ho ets... si vols jo m'encarrego de tot, i quan jo t'ho mani baixes i et cases amb ella». I com que la Marta no era gaire lluny, me la miro; i em va semblar que m'agradava... vaja, que em va agradar força, força! I l'amo s'hi va acostar, i jo al darrera; i l'amo que li pregunta que si em volia an a mi; i ella que fa una miqueta que sí amb lo cap. I jo, que anava a riure, al veure que ella feia com si plorés, també ho vaig voler provar, d'enternir-me; i no vaig poder; i vaja, que no vaig poder; i... arrenco a riure tan fort que fins les muntanyes contestaven! I vàrem quedar promesos. (*Pausa.*) Ah! I aquell vespre ja només vaig dir un parenostre: el dels de casa: que demanar muller, no; puix ja la tenia. (*Riu i plora enternit.*)

NURI: Plora! Plora! (*Estranyant-ho.*)

TOMÀS: Bé, home, per això no ploris.

MANELIC: És que ploro d'alegria. Què vos sembla, companys? ¿Que era la Mare de Déu, o que era una bruixa, allò d'aquell vespre?

NURI: La Mare de Déu! La Mare de Déu! (*La gent contesta dient que era una bruixa i rient.*)

XEIXA: Una bruixa! Una bruixa!

TOMÀS (*indignat*): Encara estàs que el Sebastià...!

XEIXA: El Sebastià? Pregunteu-ho an ell, que ara arriba.

ESCENA VII

SEBASTIÀ, MOSSÈN, NURI, PEPA, ANTÒNIA, TOMÀS, XEIXA, JOSEP, NANDO, PERRUCA, *homes i dones, i* MARTA, *quan s'indiqui.*

NURI (*perquè calli tothom*): L'amo de tot! L'amo de tot!

SEBASTIÀ: Que no ha arribat el Manelic?

MANELIC: Si jo sóc aquí, *sinyor*? Deixeu, que us vui besar la mà.

SEBASTIÀ: No, home, no, aparta't. A on és la Marta, Tomàs? (*En Xeixa torna a ser fora.*)

TOMÀS: Oh!... És per allà dintre.

SEBASTIÀ: Mossèn: vés-hi, i que surti. (*En Mossèn surt a cridar a la Marta.*)

MANELIC (*a Tomàs, per Mossèn*): Qui és aqueix home?

TOMÀS: Lo majordom de l'amo. Volia ser capellà, abans.

SEBASTIÀ: Manelic: tot ho tenim despatxat. Vos casareu ara, aquí a l'ermita; com que és meva, tot està a punt. El rector ja hi serà. La benedicció, i llestos.

MANELIC: I jo no vos ho pagaré mai *sinyor*; mai!

MOSSÈN (*al Sebastià*): Diu que ja sortirà aviat.

SEBASTIÀ: Com, aviat? (*Cridant-la.*) Marta! Que surtis, dona! (*Amb més imperi.*) Marta!

TOMÀS: Jo us voldria parlar, tots sols, Sebastià.

SEBASTIÀ: Ja ens lleurà, home. Gràcies a Déu! La Marta!

MARTA (*amb un llum encès que deixa a taula*): No teniu espera per res. (*Plorosa.*)

SEBASTIÀ: Ja el tens aquí al Manelic, dona.

MARTA: Ja et vaig dir que quan sigui l'hora estaria a punt. (*Nerviosa.*) Que és l'hora ja? Anem-hi!

MANELIC: Doncs que no ens diem res jo i tu?

MARTA (*apartant-se. A part*): Jo no me'l puc mirar a aquest home, que em fa més fàstic que el Sebastià mateix!

MANELIC (*al Tomàs, rient*): Li faig vergonya!

PEPA (*a l'Antònia*): S'hi casa per força!

SEBASTIÀ (*rabiós i dissimulant*): Marta! Que vui que li enraonis! Que jo t'ho mano!

MARTA (*plorant*): Déu meu!

PEPA (*a l'Antònia*): Plora la Marta, plora!

MARTA (*que ha sentit a la Pepa*): Què hi ha de la Marta? Què?

PEPA (*rient irònica*): Deia que és guapo el teu… promès.

MARTA (*rient rabiosa i anant al Manelic*): Manelic: mira'm que estic alegre! Mira'm! Mira'm!

MANELIC (*rient*): I jo! Com que això és de riure!

SEBASTIÀ: Parla-li més, Marta; parla-li!

MARTA: No! (*Volguent-se'n anar.*) Ja torno de seguida jo!

SEBASTIÀ (*agafant-la pel braç*): Reïra de…! Què t'he dit jo!

MOSSÈN (*a Sebastià*): Què feu! (*Rient i alt.*) Doncs i el vestit nou? Que no se'l posa, el nuvi?

SEBASTIÀ (*dominant-se*): Tens raó, que no hi pensàvem de vestir al bon mosso; al… al letxuguino. (*Tothom riu burlant-se'n.*)

NANDO: Letxuguino!

JOSEP: Li han dit letxuguino! (*Mentrestant En Tomàs parla amb molt interès amb Mossèn. La Marta està de colzes a la taula amagant la cara entre les mans. En Manelic s'ha quedat de cop parat, no entenent aquelles paraules.*)

MANELIC: Bon mosso. Si vol dir tirar dret amb la fona i botre com els isards cingles avall i cingles amunt, i dur la Marta a coll-i-be saltant les passeres de Riublanc quan les neus se fonen, oidà, sí que en sóc, de bon mosso. Mes... (*S'atura a escoltar.*)

PERRUCA (*a Nando, rebentant de riure*): Li han dit letxuguino!

NANDO (*a Perruca, íd*): Letxuguino!

MANELIC: Mes això de letxuguino... (*Tothom riu fort. Després de veure que encara riuen se posa furiós.*) Vui saber què vol dir letxuguino! (*Rialla més forta. Agafa amb ràbia al Nando. Les dones xisclen.*) Aquest que ho digui! (*La Marta parlava al Sebastià i se'n deixa.*)

NANDO: Vol dir... no ho sé! Vol dir... currutaco!

MANELIC (*deixant-lo convençut*): Bueno, això sí. (*Repensant-se i molt cremat altre cop.*) I què vol dir currutaco? (*Altra rialla de tothom.*) Currutaco, què vol dir? (*Agafa un de la gent.*) Tu, que parlis! (*L'hi fan deixar xisclant les dones. Corre darrera d'elles.*) Què vol dir currutaco? (*Pega als que atrapa, furiós.*)

MARTA (*a part*): I es deixen pegar per aqueix poca-vergonya!

SEBASTIÀ: Manelic! (*Dominant la gatzara imperatiu.*)

MANELIC (*calmant-se en sec*): Ai! Té, ara m'enfadava, jo!

SEBASTIÀ: Que en aquell quarto tens un vestit nou pel casament, i que te'l vagis a posar de seguida.

MANELIC: Doncs vingueu tots, i m'ajudareu. I riurem força; que no em vui enfadar, avui! (*Los homes se n'aniran per la porta de la dreta amb en Manelic.*)

PEPA: Veniu, que guaitarem per la finestra!

ELLES: Anem-hi! Anem-hi! (*Surten pel fons.*)

MANELIC (*a l'anar-se'n*): Que no em vui enfadar! Que no em vui enfadar! (*Entre la gresca dels homes.*)

TOMÀS: Jo ara us voldria parlar, Sebastià; que convé molt.

SEBASTIÀ (*cremat*): Home!... Veureu. Espereu-me a fora, que surto.

TOMÀS: Doncs vos hi espero. (*Surt.*)

SEBASTIÀ: Vés-hi, Mossèn, i me l'entretens; que no sé amb què surt, ara. (*Lo que segueix, que no ho senti la Marta.*)

MOSSÈN: Deixeu-lo per mi.

SEBASTIÀ: Ah! Fes dir al rector que de seguida que ells siguen a l'ermita, que els casi; i que no m'esperin.

MOSSÈN: I vós ara despatxeu al Xeixa, que ho ha xerrat tot al Tomàs.

SEBASTIÀ: Ah, sí? Doncs a fora, i de seguida! I... veuràs, vine. (*Apartant-lo més de la Marta.*) Que mai se t'escapi a la Marta que el Manelic no en sap res...

MOSSÈN: De debò li heu fet creure que ell se casa sabent-ho tot i que hi passa?

SEBASTIÀ: Com t'ho dic que s'ho creu.

MOSSÈN: Llestos. (*Surt de pressa per lo porxo.*)

ESCENA VIII

MARTA, SEBASTIÀ. *Ella s'ha estat de colzes a la taula i la cara a les mans fins ara.*

SEBASTIÀ: Marta!

MARTA: Sebastià: ja pots tirar pel cap que vulguis; jo no em vui casar amb aquest home!

SEBASTIÀ (*rient*): Sí, eh? Tu hauries volgut un marit… més com cal. No és això, tontota?

MARTA (*apartant-se*): No… Oh, no!

SEBASTIÀ: Un marit que t'enamorés cada dia; i que tu… mira't, any nou vida nova! I que la sap llarga la meva granoteta de pluja! Doncs que no te'n recordes que et vaig treure d'enmig de l'aiguat, que t'hi ofegaves amb ton pare, Marta? (*Ell l'ha volguda amoixar i ella s'ha anat apartant. En Sebastià canvia de cop, cremant-se.*) Marta!… Aquí, aquí, Marta; de seguida! (*L'ha agafada amb ràbia pel braç. Quan la té espantada fa una rialla que li fa més por encara.*)

MARTA: Sebastià: no em casis amb aquest home. Jo t'ho demano… per l'ànima…

SEBASTIÀ: Deixa estar als morts, dona! I… veiam: que et fa fàstic, el Manelic?

MARTA: Sí! Molt!… Com vols que t'ho diga?!

SEBASTIÀ: Sí, eh? Doncs això és lo que jo vui. I no t'ho penses pas l'alegria que em dónes! ¿Tu et penses que si t'agradés jo t'hi faria casar, amb aquest home? Encara que em costés la hisenda i la vida no t'hi casaries!

MARTA: Verge Santíssima! Em sembla mentida que s'hagi trobat un home prou rebaixat, que, sent jo com sóc, i ell sabent-ho, em vulga encara, el poca-vergonya!

SEBASTIÀ (*satisfet de l'antipatia d'ella pel Manelic*): Pst! És clar que es troben.

MARTA (*plorant*): Jo era una criatura quan te vaig conèixer. I no he sigut lo que he sigut per interès, que prou ho saps tu! A mi tu no em vas comprar, i an ell lo compres. A quin preu, no ho sé; mes sé que el compres.

SEBASTIÀ: Si no li dono res, dona. Ja està content de que el deixi viure aquí a sopluig tota la vida. Però tu no et donguis per entesa de res amb ell, que el xicot farà com si no en sapigués res de tot això, m'entens?... (*Rialla a dintre dels que estan amb Manelic.*)

MARTA (*fugint de la banda a on han rigut*): Jo me n'aniré d'aquí abans de casar-m'hi!

SEBASTIÀ (*rient*): Bo!

MARTA: No, no me n'aniré; que em tiraré per la resclosa; que jo em vui morir abans de que aquest home...!

SEBASTIÀ (*enèrgic i rabiós*): No te n'aniràs, ni t'hi tiraràs a la resclosa! Em sents, Marta! Em sents? (*Agafant-la pel braç.*)

MARTA: Me fas por, Sebastià! Deixa'm!

SEBASTIÀ: Parlem clar, Marta. No t'he dit jo sempre que t'estimava a tu més que a tot lo del món, i que t'estimaria sempre, sempre? (*Rialles a dintre que repugnen an ella.*) ¿I que no et deixaria mai a tu, perquè, encara que volgués, no podria deixar-te? Respon-me!

MARTA: No ho sé! Sí, sí!

SEBASTIÀ: Escolta, escolta. ¿No saps tu de cert, ben de cert, que si no entren diners a la casa les tinc totes perdudes, les hisendes? ¿No t'he dit cent vegades que no me la daran, la pubilla Sala, que no es pensin que tu i jo ja no som res, Marta? ¿Que no ho saps, que l'oncle del mas Riutort m'ha desheretat per tu, i que si ara tu et cases tot s'arreglarà i podré treure les hipoteques i els embargs que hi ha sobre els masos i les terres? (*Ella amb lo cap baix.*) I, mira't: si jo no et portés tanta de voluntat, si no em tinguessis tan... teu, Marta, et diria: vés-te'n, no tornis mai més; casa't lluny, i enganya a un altre que t'estimi. Mes que jo no ho vui, no, que ets meva, tota meva. I sempre, sempre seràs meva, que jo no et deixo, Marta, que ni que em mori et deixo!

MARTA: Me fas mal! Aparta't. (*Fugint cap a la banda del Manelic.*) M'has fet mal, i... m'espantes!

SEBASTIÀ: Por!... (*Alçant-se.*) No ho vui que ho diguis, que em tens por! Jo el que vui és que m'obeeixis, com sempre, ho sents? Com sempre; i que m'estimis!

MARTA: Sebastià.

SEBASTIÀ: Mira que no em coneixes, encara que t'ho penses que em coneixes!

MARTA: Deixa'm, deixa'm. M'hi casaré, sí, m'hi casaré.

SEBASTIÀ: I és clar que t'hi casaràs! (*Rialles del quarto de la dreta.*)

MARTA: Vénen, Sebastià, vénen. (*Fugint de la porta de la dreta.*)

SEBASTIÀ (*rient satisfet*): Si fuges d'ell i tornes! I això és lo que m'agrada.

ESCENA IX

MARTA, SEBASTIÀ, MANELIC, JOSEP, NANDO, PERRUCA, *altres homes. Després* PEPA, ANTÒNIA, NURI *i altres dones; per últim* TOMÀS *i* MOSSÈN.

NANDO (*sortint primer*): Que no es vol posar el vestit nou!

JOSEP: Que no es vol posar letxuguino?

MANELIC (*passant entremig*): No em vui mudar, no, que se'n riuen! I em fa pena deixar la meva samarra! Ni els bens, quan pedrega, tant a sobre meu! Aparteu's-e.

SEBASTIÀ: Doncs de qualsevol manera! Marta: la caputxa i sortiu!

MARTA (*al Sebastià*): Sí! Sí! Ja hi vaig. I entre nosaltres tot s'ha acabat!

SEBASTIÀ (*rabiós. A part*): S'ha acabat!... Sí, sí: aquesta nit torno!

NANDO (*als homes*): Jo un cop casats toco la campana de l'ermita!

NURI: Té, Marta, la caputxeta. (*Entra Tomàs.*)

MARTA (*amb tristesa*): Tu me l'havies de dur, Nuri!

NURI (*carinyosa a la Marta*): Oi que m'estimes, ara?

MARTA (*amb tristesa*): Mira-te-la, Sebastià, a la Nuri. Quan jo vaig venir era com ella.

SEBASTIÀ: A l'ermita tothom! (*Va sortint la gent.*)

TOMÀS (*a Sebastià*): No; fins que jo us hagi parlat, que no es casin.

SEBASTIÀ (*al Tomàs*): Deixeu-los, que no es casaran fins que jo hi sigui. (*Al Mossèn.*) Mossèn, de pressa; que enllesteixin de pressa!

MANELIC (*sortint entremig de la gent*): Xup! Xup! El ramat! Jo a la vora de la Marta! Fora! Fora! (*Tothom ha anat sortint en confusió cridant: A l'ermita! a l'ermita!*)

ESCENA X

SEBASTIÀ, TOMÀS *i* XEIXA.

SEBASTIÀ: Au, Xeixa, a casament.
XEIXA: No hi vaig jo, a casament.
SEBASTIÀ: I això?
XEIXA: Perquè no... No hi vaig. I ja està dit!
SEBASTIÀ: Doncs agafa els trastets, i a fora de casa.
XEIXA: Això sí; veieu? I amb molta alegria.
SEBASTIÀ: I de seguida! Alça!
XEIXA (*a part*): Fer lo farcell; i ja voldria ser ben lluny. (*Ficant-se per la porta de l'esquerra.*)
SEBASTIÀ (*cremat, a Tomàs*): Doncs, què hi ha?
TOMÀS: Que m'han posat en unes grans confusions i en unes grans angúnies; veus-ho aquí. I jo voldria dir-vos-ho, i no sé com fer-ho, Sebastià!
SEBASTIÀ: Bé, rumieu's-ho, i ja m'ho direu un altre dia.
TOMÀS: Que m'han dit, i perdoneu si peco, que vós havíeu sigut per la Marta... aixís com ho diré, com... com un festejador dolent; i que ara enganyàveu tots dos al pobre Manelic, que és un bon minyó. I com que jo d'aquest casament he vingut a ser com lo pare i lo padrí, us vinc a preguntar, Sebastià, i no us ofengueu, fill, què hi ha de tot aquest bumbum?
SEBASTIÀ: Què voleu que hi hagi? Res, home.
TOMÀS: Eh que no hi ha res, Sebastià? Si jo us ho conec per la cara que ells són uns xerraires. Mireu's-e: davant de

tothom los hi vui dir qui són ells i qui sou vós. Els dolents! I ara mateix que me n'hi vaig. (*Ha tornat en Xeixa amb un farcell de roba i una manta. Recull alguna altra cosa de l'escena.*)

TOMÀS (*a Xeixa*): Ho sents, tu, mala llengua?

XEIXA: Jo ja m'he descarregat la consciència. Ara vosaltres.

SEBASTIÀ: Si no en podia ser d'altre que tu! Lo que has de fer és acabar amb aquest farcell, i que mai més te vegi davant.

TOMÀS (*a Xeixa*): Malagraït! Després que et tenen tants anys aquí!...

XEIXA: No m'ho digueu malagraït, Tomàs, que no sabeu amb qui tracteu.

SEBASTIÀ: Au, fora d'aquí! Si no, d'un revés te giro la cara!

XEIXA (*quadrant-s'hi davant*): Pegueu-me! Au!

TOMÀS: I gosaries? Contra el teu amo?

XEIXA: Ja no m'ho és, l'amo: ni mai que m'ho hagués sigut.

SEBASTIÀ: I per què? Lladre!

XEIXA: Lladre a mi! Reïra!... (*Deixant lo farcell i la manta.*) Teniu, doncs! I ara no me n'aniré sense dir-ho tot al Tomàs, i al davant vostre, per confondre-us! (*En Tomàs lo vol fer callar i conté al Sebastià.*) Doncs sí que ho diré, sí; que encara el sou, l'amistançat de la Marta; que hi entreu aquí de nit i d'amagat per la porta del corral, que passeu pel corredor de dalt i per darrera d'aquella cortina; que jo ho he vist, jo!

SEBASTIÀ: Deixeu-me! (*Al Tomàs.*)

XEIXA (*al Tomàs*): I jo us ho juro que això és cert, i si no, que Déu me condemni. I que ho juri ell si jo dic mentida. Veiam; veiam: no ho jura!

SEBASTIÀ: I què tant de juraments! Anem's-en, Tomàs, i deixem-lo.

XEIXA: Ja el sentiu. Ja en tinc prou jo.

TOMÀS: Verge dels Àngels!

ESCENA XI

SEBASTIÀ, XEIXA, TOMÀS *i* MOSSÈN.

MOSSÈN: Doncs què fa l'ermità? La vostra dona ha tingut d'encendre els ciris!

TOMÀS: No, no; que s'aturin! (*Va cap a la porta.*)

SEBASTIÀ (*a Mossèn*): Que d'aquí no surti el Tomàs; de cap de les maneres!

MOSSÈN (*al Sebastià*): Que és cas!

(*Surt Sebastià. En Xeixa té el farcell al coll i riu sarcàstic.*)

TOMÀS: No, no; que no es casin!

MOSSÈN: Què dieu? A on voleu anar ara?

TOMÀS: A privar-lo! A privar-lo!

XEIXA: Tomàs; de pressa! I crideu pel camí; de pressa!

MOSSÈN (*al Xeixa*): I deixeu-lo estar vós a l'avi!

TOMÀS: No, no, que me n'hi vaig; que van a fer desgraciat un pobre xicot!

MOSSÈN: Que no, us dic!

XEIXA (*apartant al Mossèn*): Aparteu-vos. Aneu!

TOMÀS: Ah, sí! Hi corro! (*Toca la campana de l'ermita i En Mossèn se'n va rient fort a la porta.*) Ah! La campana! Ja no s'hi és a temps! Ai, Déu meu! Lo que han fet amb aquest pobre xicot! I he sigut jo també! Que Déu m'ho perdoni!

XEIXA (*tornant a agafar lo farcell. A part*): He fet tot quant he pogut. I ara me'n rento les mans. (*Alt.*) Avi Tomàs, ja no hi ha remei!

TOMÀS (*a Xeixa*): Ara, fill, no en diguem res al Manelic. Ja està això. I ara que Déu hi faci més que nosaltres.

XEIXA: Adéu-siau, Tomàs. Sols me n'empenedeixo d'haver callat tant temps.

TOMÀS: Adéu-siau! Al capdavall ets un bon home! Abraça'm. I mira't, d'això d'haver-t'ho callat… confessa-te'n.

(*Abraçats. Remor lleuger que creix.*)

XEIXA: Adéu, que ja vénen. (*Surt ràpid.*)

TOMÀS (*a part*): Quina vergonya. Déu meu, quina vergonya! Jo no els vui veure! (*Surt.*)

(*La remor de la gent que torna del casament té d'anar creixent. Se sent tocar alegrement la campana i crits de visquen los nuvis.*)

MOSSÈN (*als de fora*): Alça, minyons, s'ha acabat la festa! Tothom a casa!

(*Los convidats, sense entrar a l'escena, desapareixen, perdent-se els crits i l'alegria poc a poc.*)

ESCENA XII

MARTA, MANELIC *i* MOSSÈN, *que se'n va.*

MANELIC (*des de fora*): Cabres ací! Cabres enllà! (*La Marta ha entrat ja a l'escena.*)

MOSSÈN (*des de la porta*): I ara tanqueu vosaltres; i bona nit i bona hora.

MANELIC (*veient-los que s'allunyen*): Cabres ací! Cabres allà! (*Mirant cap a la Marta.*) Si ara tingués la fona!... un còdol al mig, i borrobom! l'escampall! (*Pels de fora.*) Cabres ací! (*Cridant cada vegada més fort.*) Cabres allà! (*De cop.*) Marta!

(*La Marta s'ha assegut vora la taula amb lo cap baix.*)

MARTA (*com despertant espantada*): Què hi ha? Què?

MANELIC: Han dit que tanquéssim. Tanco, eh, Marta?

MARTA: Tanca. (*A part.*) Sí, sí; tot s'ha acabat. Tot, tot!

MANELIC (*després de tancar*): Tururut! Llestos! Ai, deixa'm seure, que m'han cruixit aquestos! Val més una tronada del Tretzevents que aquest soroll dels dimonis. Veuràs... no estic bé assegut a la cadira! A terra, a terra, com a sobre el glever. (*S'asseu a terra rient.*) Aixís un hom reposa! (*La Marta segueix sense escoltar-lo.*) Què fa aquella?... Xup! Marta! Bonica! (*Com si cridés una cabra.*) Què fas, Marta? Marta!

MARTA: Què?

MANELIC: Que és feréstega aquesta! Mira't jo! (*Ensenyant-li on seu.*) Allà dalt no en tenim, de cadires, ni ganes!

(*Bufa a terra i ho escombra amb la mà.*) Té; més net que una patena. Seu aquí; àpala, dona! Xup! (*Riu ell com fent una gràcia.*)

MARTA: No! Que no!

MANELIC: Ha dit que no! Uuix! (*Riu i s'aixeca. A part.*) Pobreta!

MARTA (*a part*): Ai, Déu Meu! I que trigarà a fer-se de dia!

MANELIC: Doncs si em fas aquest posat, no et dic una cosa. Ja no me'n recordava!... Amb l'alegria un home es torna més burro! (*Buscant en les butxaques i en la pitrera. A part.*) Veuràs! Ja veuràs jo ara!... Aquí! (*Traient un mocador lligat pels caps.*) Ja pesen, ja! Calla, calla! això a la impensada. (*S'acosta a la Marta de puntetes. Riu baixet.*) He, he, he. (*La toca amb un dit a l'esquena o al cap escarnint un aucell. Alt.*) Cucut!

MARTA (*alçant-se*): Ah! M'has espantat! Vés! Això feu allà dalt?

MANELIC: Amb qui, allà dalt? Si estava tot sol! (*Riu carinyós. Mentrestant ha desfet los nusos del mocador. Desfets ja, se posa els diners tots en una mà.*) Vols-me donar la mà? (*Pausa. Ella no en fa cas.*) Tu? (*Per donar-li aquells diners.*)

MARTA: No. I lo que jo vui ara mateix... (*Va a alçar-se.*)

MANELIC: Espera't. (*Ella s'atura.*) Mal geniot! No me la donguis, la mà: bueno. (*Estén lo mocador buit davant d'ella a terra.*) Mira't: veus això? És una pesseta. (*La tira al mocador.*) Doncs va ser la primera que he guanyat en ma vida. No l'he volguda gastar mai, perquè fes cria; i mira't, mira't si n'ha fet, de cria! Té: totes! (*Buidant al mocador les monedes de plata i calderilla que tenia en una mà i contra el pit sostingudes. Rient commogut.*) Allà dalt quan les comptava feien un altre soroll. Ara el fan més alegre. Deu ser perquè tu hi ets! Ah! Mira't! (*Buscant entre els diners del mocador.*) Mira't aquest duro. Encara té sang; és sang meva tota. Me'l va regalar un dia l'amo; el *sinyor* Sebastià; que Déu l'hi pagui. (*La Marta escolta ara.*) Té, toca'l, toca'l!

MARTA (*apartant-li la mà ara sense odi*): No! Que no!

(*Al veure Manelic que ella no el vol tocar, lo besa i el tira al mocador.*)

MANELIC: Bueno... doncs jo el beso. (*Ressentit. A part.*) Se deu pensar que no és res, això! (*Cremat. Alt.*) Doncs sàpigues que sí que és molt, això! Que... cada nit venia el llop al ramat i cada matí hi havia un gos pernes enlaire i faltava una ovella o un moltó... que allò em damnava! (*S'ha anat calmant.*) I això durà... qui-sap-lo... el que durà. Fins que una vetlla em poso a l'aguait darrera d'un roqueter vora l'escorranc seguit pel llop quan venia. (*Ella s'hi va interessant.*) Doncs... afigura't jo aquella nit quines orelles! Lo Carro anava passant, passant allà al cel. I ja eren les dotze, i ja era la una. I escolto, escolto... Els esquellincs, l'aigua de la neu fosa que s'escorria, l'airet de la matinada, i el Carro allunyant-se, allunyant-se... Quan de cop sento fressa i trepig, i fent un bot com un diable, el llop me passa per sobre flairant fort, que la vaig sentir al coll la seva bufera, i els cabells se'm posaren de punta, i aquí dintre uns cops més forts que m'ofegaven!... Tot d'una, a la jaça quins udols i lladrucs i belar esgarrifós de les ovelles. I jo quina ràbia a mi mateix per no haver-lo envestit, el lloparro! I no sé com va ser, que em planto al mig del camí per a on havia de passar el lloparro... I a l'entornar-se'n la bestiassa amb l'ovella al morro, s'entrebanca amb mi, i jo amb ell, i m'hi abraono, i li clavo tota aquesta fulla endintre. I ell corrent o rodolant rostos avall, i jo amb ell; arrapats l'un a l'altre; mossegant-lo jo an ell i ell a mi, i udolant los dos, més que ell jo cent vegades, com dues feres salvatgines. (*La Marta l'escolta amb interès creixent, passant ell de la feresa a l'entendriment.*) I... a l'endemà em desperto, o vaig tornar a viure, que no ho sé encara, al fons d'un torrent, entre pastors que em socorrien, i al mig de l'ovella morta i del llop mort també, que a aquestos sí que no els retornà la vida. A mi em dugueren a la jaça, i amb oli de neu i de llargandaix me xoparen les mossegades i els trencs, que pertot n'hi tenia. I quan ja estava mig curat, un dia vet aquí que puja el *sinyor* Sebastià i em dóna un duro. I jo amb l'ànsia de besar-li la mà em vaig tornar a obrir la ferida. (*Per la mà seva.*) I li vaig embrutar de sang la mà d'ell i la moneda. I el *sinyor* Sebastià em va dir: «Per cada llop que matis t'hi va un duro». I, vatua, per ara no n'he mort cap altre!

MARTA: Manelic... Veuràs. (*Commoguda.*) Ja la nit és avançada; i... Acabem. (*Amb molta pena.*)

MANELIC: Doncs pren tot això; pren-ho. Són vint-i-tres duros: guarda'ls. (*Recollint ell el mocador.*)

MARTA: No... no. Són teus; guarda'ls al... teu quarto... (*Senyalant lo quarto de la dreta. A part.*) Déu meu, si sembla un altre aquest home!

MANELIC: Al... meu quarto? Al nostre: allà. (*Senyalant la porta on hi ha la cortina.*)

MARTA: Encén un llum, i ja t'ho he dit: vés-te'n al teu quarto... i bona nit.

MANELIC: ¿Que aquest és el meu quarto, i que allà hi ha el teu? Que ho has dit tu això?

MARTA (*amb pena*): Sí! I no en tens prou d'haver-m'ho fet dir, que encara vols que hi torni? Com si tu ja no ho sabessis! (*Plorosa i cremada.*) Mal home! I prou que es veia que ho eres! I ara ho ets més, aturmentant-me, un mal home!

MANELIC: Que jo ho sabia? I què sabia jo? Què, Marta? Explica't. Que jo sóc un mal home? Tu ho has dit? I per què ho sóc, ara, un mal home? Jo vui saber-ho, Marta, per què m'has dit aquestes coses! (*Rabiós i apenat.*)

MARTA (*avergonyida*): Perquè a tu... ja t'ho van dir abans.

MANELIC: El què? El què em van dir? Enraona!

MARTA: Ah, no! Això no ho diré mai jo; mal me matessin! Mes tu, tu vas consentir-ho.

MANELIC: En què fossis la meva dona. I sí, Marta. En què jo t'estimaria més que a tot lo del món; més que al pare i a la mare; més; i en què et faria ditxosa!

MARTA: No... No!...

MANELIC: Doncs explica't, per Déu! Que em sembla que ho estic somniant tot això, i que tu no ets la meva dona!

MARTA (*a part*): Ai, Déu meu, que m'han enganyat a mi! I han enganyat a aquest pobre home!...

MANELIC: Marta! Què hi ha, Marta?

MARTA: Que ara sóc jo la que em penso que somio!

MANELIC: Mes tu has dit coses que jo no les puc entendre i que em fan mal aquí dintre!

MARTA (*amb por ara de que ell ho comprenga*): No, no, jo no t'he dit res. Sinó que estic aquesta nit com si fos boja. Que no sé el que han fet amb mi... Perquè tu... Manelic...

MANELIC: El que han fet amb tu?... El què! Digues, digues.

(*De prompte es veu passar un llum per darrera de la cortina que dóna a l'interior de la casa.*)

MARTA (*a part*): El... Sebastià! Oh! (*Amb horror.*)

MANELIC (*amb gran estranyesa i amb veu baixa*): Un llum, Marta! Que no estem sols aquí?

MARTA (*amb espant que tracta de dissimular*): No hi ha ningú! No és veritat.

MANELIC: Algú que ha entrat, Marta! (*Volent-hi anar amb la mà al pit per l'arma.*)

MARTA (*posant-se-li davant*): Ca, deixa-ho. (*Fingint serenitat.*) El llum ja hi seria.

MANELIC: No, et dic que no! (*Desapareix lo llum.*) Ara l'han apagat, el llum.

MARTA: Ves si hi hauria un llum encès! A tu que t'ho haurà semblat!

MANELIC: No dius que ja hi era! Si l'he vist jo, i tu també l'has vist.

MARTA: Jo no he vist res. Tu ho deies.

MANELIC: Que tu no has vist un llum? (*Quedant confós.*)

MARTA: No, no.

MANELIC: Que tu no l'has vist! I doncs... jo no he vist una claror que anava... (*Baixet, confós i tristíssim.*)

MARTA: Si tampoc tu l'has vista!

MANELIC: No? (*Queda mirant-se a la Marta fixament.*)

MARTA (*indignada. A part*): Gosar venir avui! El males entranyes. Això és temptar a Déu.

MANELIC (*pensatiu. A part*): Que no l'he vist, el llum? Que jo no l'he vist?

MARTA (*asseient-se en una cadira de costat per recolzar-se en lo respatller. A part*): Té. Jo aquí passaré la nit: aquí! Com una pedra. (*Alt.*) A tu ja t'ho he dit... (*Senyalant-li el seu quarto.*)

MANELIC: Sí, sí; no m'ho tornis a dir... Jo allà dintre. Sinó que no hi aniré encara a dormir al meu... allà dintre. (*Se deixa anar a terra, ajaient-se a poc a poc.*)

MARTA (*a part*): Tinc de pensar, jo. Perquè el Sebastià és... (*Baixet i amb pena.*) és un brètol. I, ai Déu meu, que sempre ho ha sigut un brètol, el lladre! Se deu pensar aquest... (*Amb pena.*) pobre que no el sento! (*En Manelic, sempre ajagut a terra, s'hi ha anat acostant fins a alguna distància d'ella.*)

MANELIC: Aquí, a propet d'ella. No com el seu marit, no; com si estés sol allà dalt a la jaça de les Punxales. (*Baixet.*) Ara a dir lo parenostre pels de casa. Aquell per la muller ja no el puc resar, que ja en tinc, ja de muller.

(*Resant.*) Pare nostre que estau en lo cel, santificat sia el vostre sant... (*Segueix sols movent los llavis o sanglotant.*)

MARTA (*a part*): Ah, quin càstig el meu! (*Segueix sanglotant ell. Pausa.*)

MANELIC (*mig adormit i plorant*): Tot dorm a la jaça; i el llop no vindrà, no vindrà... no vin... (*Va movent los llavis mentres cau lo teló.*)

ACTE SEGON

La mateixa decoració de l'acte anterior. És al matí.

ESCENA PRIMERA

MANELIC, *assegut.* NURI, *dreta, fent samarra, que ja estarà molt avançada.*

MANELIC (*molt abatut*): Com és que no vas venir ahir tarda, Nuri?

NURI: Pels indiots, home. Ja et vaig dir que els indiots els treia de bon matí i cap al tard. Veuràs: ara com que fa aquest sol ja són al corral. I jo, cap a veure el Manelic! Sinó que passo unes angúnies! (*Anant a mirar cap a l'esquerra.*)

MANELIC: I per què les passes les angúnies?

NURI: Tinc por que vinga la Marta. Veuràs: abans m'estimava molt, an a mi; i del dia que t'hi vas casar que em té una malícia!... (*Ell fa anar lo cap i queda pensatiu.*) Jo no n'hi tinc pas de malícia an ella perquè t'estima a tu, Manelic.

MANELIC (*alçant-se i passejant-se neguitós. A part*): Perquè m'estima a mi aquesta dona!

NURI: Què t'agafa, ara!

MANELIC: Res: digues, digues. (*Tornant a seure.*)

NURI (*enrecordant-se'n de cop*): Ah! També té ràbia als de casa. Sinó que a ells... Ni sé com t'ho diga; els hi té una altra mena de ràbia. Ves, fins jo em penso que s'ha valgut del Mossèn per no veure'ls.

MANELIC (*amb molt interès*): Del Mossèn? Com ha estat això?

NURI: Doncs el Mossèn, que és… això… com ho fan anar?… això… el majordom de l'amo de tot, va venir a dir als de casa, amenaçant-los, amenaçant-los, que no s'acostessin al molí a xerrar. I que al molí només hi tenien d'anar els que hi duguessin blat per moldre.

MANELIC: A xerrar, va dir, Nuri?

NURI: A xerrar, a xerrar. (*Asseient-se la Nuri també.*)

MANELIC: I tu saps què era el que no volia que xerressin?

NURI (*molt natural*): Oh, res. Els de casa sempre xerren, saps?

MANELIC: Que ets bona minyoneta, Nuri!

NURI (*contenta de que l'hi hagi dit*): Com tu bon minyó. Ves, el conill ho diu a la llebre. (*Mirant-se'l i rient. Pausa.*) I ja fa deu dies que ets casat. (*Tornant a riure i mirant-se'l.*)

MANELIC: Sí, deu dies.

Nuri: A que no ho endevines, en què pensava ara?

MANELIC: I què diuen d'aquí les teves germanes?

NURI: Doncs pensava en fer-te una samarra en acabant aquesta. No de color d'esca, no; de blauet, i amb uns vions vermells que t'escauran més!…

MANELIC: No me la facis la samarra, Nuri.

NURI: I per què?

MANELIC: Perquè quan tu l'hauries acabada… Pst! Per res, Nuri.

NURI (*alçant-se*): Me'n vaig; que estic enfadada.

MANELIC: Au: que jo vui que tornis a seure! De seguida!

NURI (*asseient-se mig girada d'esquena*): Bueno: em quedo. Sinó que encara estic enfadada. (*Se l'anirà mirant de reüll.*)

MANELIC (*a part*): No: ja no m'hi puc estar més en aquesta casa, que tot me cau a sobre! I a vora de la Marta o em tornaria boig o em moriria! Mes aquella claror no va venir tota sola, i jo vui saber-ho qui era aquell home, per matar-lo!

(*La Nuri tus a veure si el Manelic se fixa en ella.*)

NURI: Manelic, que jo encara estic enfadada.

MANELIC (*canviant ràpid*): Sí, Nuri, sí. Què vols? Pobreta! Tu sí que encara ets ditxosa!

NURI (*complascuda de lo que ell li diu*): Tu estàs trist!...

MANELIC: No!...

NURI: Sí que ho estàs, sí. I... saps que t'han donat una muller molt rabiosa?

MANELIC: Que ho diu la gent, que és rabiosa, Nuri?

NURI: Oh!... No ho sé el que diuen. Parlen, parlen. I saps per què t'estimo tant, jo?

MANELIC: Digue-ho, Nuri, digue-ho.

NURI: Doncs t'estimo tant, de primer, perquè em contes aquelles rondalles de llops i guineus que fan aquella por tan bonica. I després t'estimo perquè la gent diu sempre: «Pobre Manelic! Pobre Manelic!». I no ho sé pas per què t'ho diuen! (*De cop en un rapte de carinyo.*) I, vaja, que jo te la vui fer, la samarra!

(*Se posa a cantar entre dents mentres treballa.*)

MANELIC (*a part*): Pobre Manelic! Doncs tothom la coneix, la meva desventura! Doncs quan al casament reien!... (*Alt.*) Oh, no cantis, per Déu! No cantis, Nuri!

NURI: Si no canto, home! És que aixís ho acabaré més de pressa això, i aniré per la teva!

MANELIC: Escolta, escolta, Nuri; i què diuen més, què diuen?

NURI: Qui?

MANELIC: La gent. Aquells que fan: Pobre Manelic! Pobre Manelic!

NURI: Ah! Espera't. (*Com qui se'n recorda de cop.*) Ahir, sortint de missa, hi havia una colla que parlaven de tu. Jo que m'hi acosto, i tots se van callar, els remaleïts! Veuràs, veuràs: jo que me'n vaig anar tot cantant i fent la distreta, i quan no em veien, m'hi torno a acostar de puntetes, i jo que els atrapo.

MANELIC: I els vas sentir?

NURI: És clar, home! Veuràs, deien: «Pobre Manelic! Pobre Manelic!»... i res més. Com l'altra vegada.

MANELIC (*a part*): Quan lo *sinyor* Sebastià ho sàpiga la mata an ella!... Perquè jo no me'n puc anar aixís sense dir-l'hi tot. (*Amb neguit.*) Si Déu feia que tornés avui de ciutat!... (*Passejant-se.*)

NURI (*cridant-lo*): Manelic! (*Ell hi va.*) He, he, he! El món diuen que és molt dolent. ¿Que ho creus tu, que ho siga, de dolent, el món?

MANELIC: El món de la terra baixa, prou: que no ho era, no, el de la muntanya. Sinó que potser no ho era perquè allà dalt no hi havia homes!

NURI: I… (*No gosant seguir.*)
MANELIC: Què?
NURI: Res. He, he, he! Sí, vaja, sí, una cosa: que no tens un germà, tu?
MANELIC: Sóc jo sol, i encara sóc massa.
NURI: Cap? Cap? Ni un de petitet i bufó com tu? Que tingués la meva alçada…
MANELIC: Per què, Nuri?
NURI: Res, res. He, he! Perquè m'agradaria que el tinguessis.
MANELIC (*passant-li la mà pels cabells*): Pobreta Nuri!

ESCENA II

MANELIC, NURI *i* MARTA. *Ve de l'interior de la casa.*

NURI: Bo, la Marta! Fujo!
MANELIC: No et moguis!
MARTA (*a part*): Sempre aquesta mossota amb ell! Sempre! Si estés anguniat per mi no li agradaria parlar amb ningú! (*Va a la llar i mou el foc, sobre el qual hi haurà una olla. Va arreglant el dinar.*) Aquest foc… que sembla que avui ho faci expressament de no encendre's! De què deuen parlar, ara?… Doncs jo no vui que parli més amb la Nuri! (*Fa un pas per anar-hi; s'atura.*) Oh! Déu meu! No li puc manar res jo a aquest home! (*Se'n va per la porta de l'esquerra.*)
NURI: Ja és fora; i nosaltres calladets com si no hi fóssim, oi?
MANELIC: Sí, Nuri.

NURI: Jo estava callada perquè comptava punts. I tu, què feies ara?

MANELIC: Jo comptava... dies.

NURI: Dies? He, he, he! Que te l'estimes força, tu, a la Marta?

MANELIC: Més que a tot lo del món!... Més; molt més!... ¿Com t'ho diré a tu que ets una nena encara?... Perquè jo a la Marta me l'estimava abans, molt abans de conèixer-la. I me l'estimava tant, que el dia que la vaig veure allà dalt, quan me van dir si m'hi volia casar, vaig respondre: «És clar que sí que la vui!». I li anava a dir an ella... «Vaja, que n'has fet massa de trigar tant temps a venir, Marta!». Si jo t'ho contés tot!...

NURI: Au, conta-m'ho. Conta-m'ho!

MANELIC: Que jo, Nuri, més vegades me l'havia mirada la terra baixa del cim d'aquelles crestes agudes!... I em preguntava, quan lo sol batia per tot aquell bé de Déu de muntanyes, que semblaven muntets de sorra, ¿per a on deu ser la xicota que haig de tenir per dona? I saps què feia per a saber-ho?

NURI: Veiam, digues.

MANELIC (*molt trist*): Doncs posava una pedra a la fona, donava jo tres tombs tancat d'ulls, feia que espetegués en l'aire la fona, i al llençar la pedra mirava, segur de que cap allà a on cauria aquella pedra hi seria ella, que creixeria aleshores hermoseta com una mata de flors per a mi, per a mi sol! I la pedra queia cada vegada cap a llevant, i la Marta ve d'una terra baixa, encara més baixa que aquesta: de la vora de la mar! Quina malaventura!

NURI: Vaja, home, no ploris! Que jo no vui que ploris! (*Renyant-lo com si ell fos una criatura.*) Ves qui te les feia tirar aquelles pedres! Dolent! I si hagués passat algú per la muntanya i l'haguessis tocat?… (*Ella riu.*) A riure de seguida! De seguida! He, he, he! (*Se posa a plorar al veure que ell no riu.*) Té, ja deus estar content! M'has fet plorar! Malviatge l'home! I jo que no ho sé de què ploro!

MANELIC (*per ell mateix, plorant*): No van atrapar a ningú, no, aquelles pedres; que m'han atrapat a mi, que les he sentides al mig del pit, i totes!

MARTA (*tornant. A part*): Encara aquí tots dos! (*Cridant-la.*) Nuri!

NURI: La Marta! La Marta! Té el mocador, té. Que no vegi que plores!

MANELIC (*a la Nuri, sense pendre-l'hi*): No, si jo no ploro; no ploro. (*Fent per estar serè i apartant-se.*)

NURI (*a la Marta*): He, he, he! Me pensava que era seu, aquest mocador! Com que sóc tan criatura!

MARTA (*amb emoció que no pot reprimir*): Nuri!, que no et vui veure més aquí a casa, ho sents? Que no vui que tornis!

NURI: Manelic, corre; que em treu la Marta! (*En Manelic segueix apartat.*)

MARTA (*tractant de dissimular la gelosia*): No és que et tregui jo; sinó que avui estic… que si enraonen sembla que tot m'ho sento aquí dintre. (*Per son cap.*) Que estic més malalta… (*Anant cap al foc i ventant de pressa.*)

NURI: Té això, té, Manelic (*donant-li el cistell amb lo cabdell i la samarra que està fent*), que li ventaré el foc a la pobra Marta. (*Això sense ironia. Ell s'ha assegut i no li fa cas a la Nuri, que li pega un copet a l'esquena.*) ¿Doncs que no m'has sentit, dolentot? An aquest xicot n'hi passa alguna, Marta. (*Ha deixat el cistell i tot sobre la taula.*) Dóna'm el ventafocs.

MARTA: No!

NURI (*engojassada*): Dóna-me'l; que tu ja no tens gaire força, que vas per vella.

MARTA (*fora de sí*): Vés-te'n! Vés-te'n! O no em podré tenir! Vés-te'n!

NURI (*no comprenent-ho*): I ara! I què he fet jo?

MARTA: I si tornes a venir… descarada!… (*Amenaçant-la amb lo puny.*)

NURI: Doncs no me n'aniré que no m'ho mani el Manelic, que ell és l'home; i mira't, ell mana!

MARTA: Sí, sí; lo que ell mani!

MANELIC: Nuri: aquí fes sempre lo que et diga la Marta. Vés-te'n; ella t'ha tret perquè ella… sap treure la gent, que aquí és a casa la Marta.

MARTA (*volent-lo fer callar*): No, Manelic, no! Per Déu!

MANELIC: Té, això; té; i vés. (*Pel cistell i la samarra.*)

MARTA: Nuri: que ara ja no vui que te'n vagis!

NURI (*plorant*): Doncs ara me'n vaig!

MANELIC: Sí, vés, Nuri. I, mira: jo t'acompanyaré pel camí.

MARTA (*suplicant i volent-lo contenir*): Tu no, que tu t'estàs aquí amb mi; que tu, Manelic…!

(*No pot seguir perquè el Manelic s'ha quedat mirant-la fixament.*)

MANELIC (*després d'una pausa*): Què, jo?

MARTA: No ho sé, Déu meu! No ho sé! (*Cau asseguda plorant.*)

MANELIC (*sarcàstic*): Que et penses que plora la Marta, Nuri? Riu. Si és més de broma! I jo també ho sóc! I riem tots dos! Sí, Marta, sí, jo amb tu rient com al primer dia i ben ditxosos i plegats sempre! (*Emportant-se a la Nuri agafada per la cintura. Ella no comprèn res.*) No hi tornis, no. Nuri. Sols, solets; estimant-nos ella i jo! Sempre, sempre estimant-nos! (*Va rient sarcàsticament a l'allunyar-se.*)

ESCENA III

MARTA.

MARTA (*plorant*): Sí, diu que sempre plegats, sempre, i jo sé que espera al Sebastià per a dir-l'hi tot i anar-se'n! I que he patit aquests dies aquí dintre! I el Sebastià, el mal home, perquè ara sí que ho veig que ho ha sigut tota la vida, un mal home, per allà baix divertint-se pels hostals, i... tant de bo s'hi quedés per sempre! Perquè si el Sebastià no tornava mai més, qui sap si el Manelic encara em perdonaria, que ell sí que és bo, que se li veu a la cara, i m'estima; que ell no s'ho pensa, no, que jo el senti cada nit com ve a ajeure's davant la porta del meu quarto... i sanglota... sanglota!... (*Plorant.*) Sinó que ell no em diu res i em deixa fer lo que vui!... (*Després de plorar, resolta.*) Mes jo no vui que el Manelic parli més amb la Nuri, perquè jo em consumo; que així, ai Déu meu, parlava amb mi el Sebastià quan me va conèixer! Jo no ho vui que s'estigui amb ella! Me n'hi vaig a casa d'aqueixes donotes! (*A l'anar a sortir troba el Tomàs, que ve, i torna a l'escena amb ell.*)

ESCENA IV

MARTA, TOMÀS.

TOMÀS: A on vas, Marta?

MARTA: Ni jo ho sé. I teniu: ja no vaig enlloc.

TOMÀS: De l'ermita he vist sortir al Manelic, i per això vinc, vet-ho aquí; amb ell no vui trobar-me. Que està més desesperat!...

MARTA: Desesperat?... (*Vol enraonar i no gosa.*)

TOMÀS: I que no té raó, el xicot? Tothom se n'hi riu. I ell preguntant, de la manera que aqueixes coses se poden preguntar.

MARTA: Seieu, seieu, Tomàs.

TOMÀS: No sec jo en aquesta casa. Sinó que vinc perquè em digues què li haig de contestar jo an ell quan me diu: «Tomàs: vós que em vàreu buscar la promesa, per què em vàreu triar la Marta?».

MARTA: No m'ho digueu això, Tomàs!

TOMÀS: Sí que t'ho dic, sí. I encara fa més el xicot, que em pregunta: «Tomàs, qui és l'amistançat de la Marta? Qui és l'home que va entrar per aquella porta la nit del casament?» (*Ella s'amaga la cara entre les mans.*) I ell vol saber qui és per matar-lo i jo no sé què li responga.

MARTA (*amb satisfacció*): ¿Vos ho ha dit, Tomàs, que el mataria? Eh que tindria cor per fer-ho?

TOMÀS: Sí, sí que m'ho ha dit. Com m'ha dit que se n'anirà d'aquí per sempre; sinó que... espera al Sebastià per despedir-se'n!

MARTA: I vós li heu dit que no se'n vagi, oi, Tomàs?

TOMÀS: Jo? Que et deixi; no demà, no, ara mateix. I que abans d'anar-se'n que t'escupi a la cara; que tu ets...! (*No gosant seguir perquè ella l'hi priva.*)

MARTA: Que no heu tingut mai una filla, vós?

TOMÀS (*dominat pel record*): Una filla!... Sí que la tenia, una filla, i se'm va morir que era petita. I quan te miro em dic content: que Nostre Senyor me la tinga a la Glòria.

MARTA: I si vós us haguéssiu mort abans que ella? I ella s'hagués fet gran sense vós?... Sola... i hagués conegut el Sebastià?...

TOMÀS (*tapant-se les orelles*): Remaleïda! No m'ho diguis; que tu l'has perdut, tu, al Sebastià.

MARTA: Que jo l'he perdut al Sebastià? (*Arrencant en plor.*) No teniu entranyes si m'ho torneu a dir això. Mare meva!... Ai, que no puc més! Que no puc més! Preneume d'una vegada, mare meva!

TOMÀS (*a part*): I plora de debò! Potser sí que n'he fet un xic massa! (*S'asseu.*)

MARTA: No en teniu, no, de cor! I tots aneu contra de mi perquè em veieu tan sola! Que fins ara no ho he conegut que era al món tota sola!

TOMÀS (*a part*): Si em fa plorar a mi, la xicota! (*Alçant-se de cop.*) Ai! Què feia! Si ploro per una...

MARTA (*aturant-lo resolta*): No us en aneu, que jo vui contar-vos-ho tot; i que em compadiu!

TOMÀS (*plorant dissimulat*): No, si no vui saber res; que després lo que m'hauràs dit m'ho creuré, i serà tot mentida.

MARTA (*plorant i amb energia*): Mentida!... Doncs m'escoltareu, i em creureu; que no ho serà, no, mentida.

TOMÀS: Sí, bé, sí. (*Asseient-se. A part.*) Té, si ja me la crec! Si ja ho deia jo que m'enganyaria!

MARTA (*eixugant-se el plor d'una revolada*): No he nascut, no, de la terra i després de la pluja, com una bestiola fastigosa, encara que la gent de per aquí ho diga.

TOMÀS: Veus?... Això de la granoteta sí que no ho he cregut mai. Déu me remati.

MARTA (*amb indignació, eixugant-se repetidament els ulls*): Tampoc ho creureu això de jo era molt pobreta? Veureu: jo tenia una mare que era cega. Ho sentiu? I no he tingut ningú més. (*Amb exaltació que anirà desapareixent per a quedar només la tristesa.*) Però una mare sí que la tenia! I ella i jo captàvem per ciutat, allà baix a Barcelona. Jo me'n recordo que ens posàvem a les escales d'una iglésia que tenia una porta que no s'acabava mai d'alta, i allí ens estàvem. Qui havia sigut el meu pare de bo de bo? Jo no ho he sapigut mai. D'ençà de quan, captàvem? Oh! Potser d'abans de néixer jo, que captàvem. Jo a la mare l'havia vist sempre amb la mà estesa al portal de la iglésia; i fins dormint ella a la nit, que no sé a on era que ens ajèiem, jo la veia amb por que sempre la tenia la mà estesa. Un dia, jo encara devia ser molt petita, ja no érem ella i jo soletes que captàvem: al costat s'hi va asseure a captar un home, que… jo em vaig creure que tampoc hi veia, perquè pensava aleshores que era cego tothom que captava. I no sé com va ser que aquell home mig tolit, tot roig de cara, i de barba blanca, va acabar vivint amb la mare; i ells dos se pegaven, i reien. Mes a mi aquell home ni mai m'havia pegat ni fet una festa; ni me'n recordo que mai m'hagués dit ni una sola paraula. Passaren anys, no gaires serien, i un matí la mare no es va llevar, i als peus del seu llit me vaig trobar amb aquell home que plorava. La mare no havia plorat mai, que jo me n'adonés, i m'havia arribat a creure també que els cegos, que no tenien ulls per a veure-hi, tampoc els tenien per a vessar llàgrimes: i per això vaig conèixer que aquell home no era cego de bo de bo, perquè plorava. La mare s'havia mort, i jo em vaig trobar sola. I quina cosa més estranya! Aquell home tan callat i tan fred amb mi es va trobar que m'estimava com un pare, i no es sabia aconsolar de la mort de la pobreta mare meva, que va quedar estirada, amb los ulls més entelats que mai, i amb la mà dreta estesa, que semblava que encara anés a captar alguna cosa a l'altra vida.

TOMÀS (*plorant*): Digues, digues.

MARTA: I a l'endemà se l'endugueren al cementiri, a la mare, i jo hi vaig anar al darrera amb aquell home; i quan ja li havien tirada tota la terra a sobre, jo me'n vaig adonar que li havia dit a aquell home: «I ara què farem, pare?». I ell que m'havia dir plorant: «Vine-te'n amb mi, filla!».

TOMÀS (*plorant*): Conta, conta; i acaba aviat!

MARTA: Oh sí, sí; que no n'hi ha gaire; que pel camí de tothom s'hi pot anar poc a poc; mes quan se cau timba avall se va de pressa. Doncs vàrem tornar a la porta de la iglésia, i com jo anava espigant-me i veia passar tantes noietes de ma edat amb la robeta bonica de les festes, jo que li vaig dir al pare un dia que no havíem arreplegat gaires dinerons: «Pare; i si treballésim?». I ell al cap d'una estona em va dir que ja el buscaria el treball per tots dos. I mai aquell treball arribava. Fins que vam saber que als pobres els recollien per a tancar-los, i ens en anàrem de Barcelona tot captant, sinó que ell ja mai més va fer el cego. Caminàrem molt de temps seguint terres i més terres, que jo vaig anar creixent, fins que un dia que feia una calor molt forta i que ens ficàrem per aquestes planures i per aquestos boscos, s'aixecà de cop una forta nuvolada i començà a caure pedra. Nosaltres fugíem seguint a la gent que deixava les feines dels conreus i ens guarírem a la masia més a prop, que era la del Sebastià, quedantnos a l'entrada. Sortiren uns homes i dones, i, entre ells, un que ens va dir que era l'amo. I tothom reia amb los meus ditxos. I van voler que ballés, i vaig ballar de qualsevol manera perquè no ens traguessin, que encara plovia. I quan més ballava jo, més reia la gent, menos l'amo que em mirava, em mirava! I jo em deia, pobra de mi: «Que deu ser feliç amb tot aquest món seu i aquesta gent seva, l'amo». (*Resoltament.*) Eh! Acabem! Que em va preguntar després, rient, si jo havia sortit de la pols dels camins com aquelles granotetes que es fan amb les gotes de la pluja al mig de l'estiu, i després me va agafar pel cos i va preguntar al pare què volia. El pare li va respondre que una caritat. I jo vaig afegir de pressa: «No una caritat, no, treballar força!». Ell me va asseure a sobre els seus genolls, que jo tenia catorze anys, i el Sebastià ja potser trenta... I... d'aquell dia va venir que al pare el va fer moliner. I a mi... fins ara... (*Tapant-se la cara amb les mans.*)

TOMÀS: No, calla; no digues res més; calla!

MARTA: Què podia fer, jo? Fugir? Cap a on? Si no podia! Matar-me? Si el matar-se és pecat; i fa tanta por el morir-se, i jo era tan nena! I es neix per viure i no per morir de seguida!

TOMÀS: I que n'has sigut de desgraciada!

MARTA: Desgraciada no, que he sigut la dona més dolenta del món, perquè an ell l'he cregut de tot, pobra de mi, fins per enganyar a aquest home!

TOMÀS: Oh, el Sebastià no té perdó de Déu, que l'ha feta massa grossa!

MARTA: Oh, si hagués sigut com ara! Perquè ara sí que sóc forta! I sabeu per què ho sóc, de forta? Perquè abans, me girés d'allà a on volgués, no trobava ningú per sostenir-me sinó el Sebastià, per la meva desgràcia. I ara ja tinc al Manelic que em dóna coratge perquè encara que no em vulga, jo m'hi sostinc, en ell, que si a l'anar a la iglésia ho feia per força, al sortir-ne, amb tot i la pena que em rosegava per dintre, jo em deia, jo mateixa sense voler-m'ho dir, que aquell home era el meu marit, una cosa meva, meva, que, pobreta de mi, encara no havia tingut res que fos meu a la terra!

TOMÀS: Mes el Sebastià un dia o altre se't presentarà al molí, i tornaràs a ser la dona sense coratge...

MARTA: Ai, no per Déu, que no vinga!

TOMÀS: I si l'hi diguessis tot al Manelic?

MARTA: Oh!... Com se diuen aquestes coses? (*Avergonyida.*) I jo, Tomàs, no em vui aconhortar de perdre'l.

TOMÀS: Si a la fi ho sabrà pels altres: que ell pregunta.

MARTA: Jo em penso que torna! Tomàs: deixeu-me i... pregueu per mi, com si jo fos la vostra filla! No! Perdoneu!

TOMÀS: Sí, sí, digue-ho: com si fossis la meva filla; que t'han feta dolenta, que tu, pobreta, no ho eres; ni ho ets, vaja, de dolenta! Vine!

MARTA: Tomàs!

TOMÀS (*besant-la al front*): Té, i té; perquè Nostre Senyor te faci bona minyona! (*Se senten veus a fora.*)

MARTA: Són les veïnes! No les vui veure! (*Se'n va.*)

ESCENA V

TOMÀS, PEPA, ANTÒNIA *i després* JOSEP, NANDO *i* PERRUCA.

PEPA (*de la porta*): Mira-te'l al Tomàs que plora!

ANTÒNIA (*íd*): Ai que enternit, l'ermità!

TOMÀS: És lo fum que fa aquella, que ni sap encendre el foc, la... la pobreta!

PEPA (*entrant, i l'Antònia al darrera*): Entra, Antònia, entra. No les trauran ara a les Perdigones. Com que el Mossèn, per ordre de l'amo, ha passat per totes les cases dient que no s'acostés ningú al molí que no portés blat per moldre...

TOMÀS: Doncs aneu's-en abans de que us treguin.

PEPA: Ai, Senyor! Que no el sents, Antònia?

ANTÒNIA: Treure'ns a nosaltres!

JOSEP (*des de fora*): Ja som aquí.

PEPA (*rient*): Entreu! Entreu!

JOSEP (*entrant amb un sac de blat al coll*): Portem blat per moldre!

NANDO (*íd. íd.*): Que Déu vos guard. (*Girant-se cap a fora.*) Au, tu, de pressa.

(*Entra Perruca també amb blat.*)

ANTÒNIA: És que mai ens havien tret a nosaltres d'enlloc!

TOMÀS: Totes soles s'armen, aquestes!

JOSEP (*a les dones*): I no ens ha costat poc de trobar aquest blat! Enlloc ne tenien.

PERRUCA: A casa el guardaven per llavor.

JOSEP: Doncs que no surt el Manelic o la Marta per això? (*Pel blat.*)

TOMÀS (*a part*): Jo els deixo a aquests tafaners. (*Volguent sortir.*)

PEPA (*aturant-lo*): Espereu's-e, Tomàs. Voldríem entendre com ha quedat això del casament dels d'aquí, perquè no en podem treure l'aigua clara.

TOMÀS: Doncs ha quedat… molt bé. Adéu-siau.

PEPA: No home! Veureu: al Manelic ja l'hem empaitat, sinó que, mira't, res; s'ha tornat tan eixut que sembla un altre.

ANTÒNIA: Conteu, vaja, Tomàs!

JOSEP (*i els altres*): Vaja, Tomàs!

TOMÀS: Doncs jo us ho diré tot, vaja. Mes vigileu que no escoltin. (*Baixet i burleta. Tots corren a mirar pertot i tornen.*)

PEPA: Tu, mira allà. Allà, Antònia! Cap viu tothom!

JOSEP: No ens senten!

ANTÒNIA: Digueu ara.

TOMÀS: Doncs una vegada a sant Miquel vet aquí que li va venir la fal·lera, per fer quedar malament al dimoni, que deia que totes les dones eren seves, d'anar pel món en cerca d'una… d'una… que no fos gaire xerraire: perquè de que ho fos gens ja se n'aconhortava.

PEPA (*ressentida*): Vaja, prou; ja us entenc a vós.

ANTÒNIA: Fora!

JOSEP: Deixeu-lo, que digui.

TOMÀS: Si no m'escolteu no sabreu res: espereu's-e. (*Després de lleuger dubte es tranquil·litzen.*) Vet aquí que el pobret sant Miquel es va cansar de seguir món, que, fillets de Déu, totes enraonaven!... I cansat com estava, vet aquí que sant Miquel se va asseure a la voreta d'una era; i vet aquí que a l'altra banda de l'era hi havia un rotllo de dones prenent el sol. I al veure'l aquelles dones, vet aquí que se'n van anar enfilant, enfilant: l'una que si ell era un borratxó perquè tenia la cara molt vermella i lluenta; l'altra que si era un lladre i tot lo que duia a sobre de bonic era robat; i una altra ja va dir que ella l'havia vist sortir la nit passada de l'iglésia; i una altra ja hi va afegir que ella l'havia vist que espanyava la caixeta de les ànimes; i una altra, que el vestit que duia era el mateix vestit de sant Miquel de l'altar, que s'havia quedat tan despullat com lo mateix dimoni que té als peus. Podeu comptar lo nostre sant Miquel quins plors i quin tremolar-li les ales de pena! Doncs ho veieu? No van ser tot penes, no, que allí hi havia una velleta que ni va obrir la boca per a murmurar-lo, que ella només se'l mirava al sant Miquel, i dolçament li somreia. (*Demostració de satisfacció de les dones, que van a interrompre a en Tomàs. Mes aquest segueix.*) I vet aquí que aquella nit mateixa, quan aquella pobreta vella ja s'estava ben adormida al seu llit, sant Miquel que s'hi presenta, i, embolicant-la amb el llençol i amb el cobrellit, ell que se l'emporta a la velleta, que no li va dir ni un mot de tan espantada. I se l'emporta de primer camps a través, i després coves endintre fins a una que era més gran i que estava tota plena de fornals i d'encluses, i de dimonis que hi treballaven. I ell que, tot alegroi i tot satisfet, que presenta la velleta, només perquè la conegués, al dimoni més gran de tots els dimonis: que allò era l'infern! ¿I sabeu què picaven sense parar mai aquells dimonis en aquelles encluses tan regrosses i tan roentes? Doncs hi picaven les llengües d'aquelles dones, que les treien com una cana enfora. I els hi picaven i els hi estant picant encara per xerraires i murmuradores. (*La Pepa i l'Antònia s'esvaloten; los homes hi ajuden rient-se d'elles.*) Sí, sí: per xerraires i murmuradores! I aquí ho teniu l'ésser tafaneres i trapasserotes i llengudes!

(*En Tomàs va caminant cap a la porta.*)

PERRUCA (*a les dones, rient*): Torneu-hi ara, torneu-hi!

JOSEP (*burlant-se d'elles amb los altres homes*): Això ha anat per vosaltres.

ANTÒNIA: Tomàs, nosaltres som com aquella que no va dir res.

TOMÀS: És que aquella velleta no havia sentit res, ni podia dir res perquè de naixença que era sorda i muda! (*Surt. Ells se'n riuen. Elles s'enrabien.*)

ESCENA VI

PEPA, ANTÒNIA, JOSEP, NANDO, PERRUCA *i després* MANELIC.

ANTÒNIA: I ara! Ves quina gràcia!

PEPA (*satisfeta*): Ah! Ja volia dir jo; ves si hauria callat aquella!

JOSEP: Ell se n'ha rigut pla bé de nosaltres!

PEPA: Vosaltres m'haguéssiu ajudat! Jo l'hi hauria tret tot, creieu-me: que hi ha molt que saber, perquè la Marta ha fugit amb los ulls com d'un perdigot...

NANDO: Ara només falta que després que hem comprat tot aquest blat no ens aprofiti!

ANTÒNIA: Calleu. El Manelic! (*Segueixen enraonant.*) Que el Manelic és aquí! (*Calla tothom.*)

PEPA: Veiam què dirà quan nos vegi. (*S'aparten tots a un costat.*)

MANELIC (*entra sense veure a ningú. A part*): Jo no espero ni un dia més aquí! Diuen que avui torna l'amo. Doncs quedo bé amb ell, i en acabat amunt, a les meves muntanyes, i a morir-m'hi ben sol de ràbia i de pena!

ANTÒNIA (*escarnint-lo a mitja veu*): Xup!... La cabrota!...

MANELIC (*amb fàstic. A part*): Aquesta gent aquí!

JOSEP (*rialler*): Manelic, bon dia i bona hora!

MANELIC: Què voleu?

PEPA: No venim a tafanejar, no, que diu la... teva dona; que venim a moldre. Mira-t'ho.

PERRUCA: Que hi ha bassada?

MANELIC: No ho sé. (*Repensant-s'hi.*) Sí; per aigua rai! Ja hi podeu acostar el blat a la mola. (*En Perruca duu el blat al cobert i torna.*)

PEPA: Manelic: trobo que avui fas mala carota.

MANELIC (*rient cremat*): Mala carota avui, eh? A tu no t'ho diran mai, perquè tu la fas sempre. (*Riuen els altres.*)

JOSEP: Potser enyores el guardar la ramada?

PEPA: Ja té la Marta; sinó que la Marta... es guarda ella sola.

MANELIC: I per què la tens de retreure ara a la Marta, tu?

PEPA: Ai, ai! Per res; per fer-te content. Com que és la teva dona! (*Riuen tots mig dissimulant.*)

MANELIC (*al veure'ls riure, riu ell fort i nerviós*): Ah, sí, riem! Per què calleu ara? A riure tots! De seguida! (*Torna ell a riure, sens poder contenir la ràbia. La Pepa vol riure descaradament i el Josep la fa callar.*)

JOSEP: Calla, dona!

MANELIC: I per què té de callar? Per què? (*Riuen amagant-se.*) I per què us amagueu per riure?

PEPA: No rèiem pas, nosaltres!

ANTÒNIA (*rient*): Si no rèiem!

MANELIC: Sí que rieu, sí; que fins us torneu roges, i no pas de vergonya, descarades, que no n'heu tingut mai, de vergonya!

JOSEP (*acostant-se a ell*): A mes germanes això?

MANELIC: Sí, a tes germanes; jo els hi dic, jo, jo; i què vols ara? (*Mirant-lo fixo i acostant-s'hi.*)

PEPA (*ficant-se davant dels homes*): Nos ho diu a nosaltres perquè ja ha fet tard per dir-ho a la Marta. (*La Pepa fuig. Ell li corre al darrera sens agafar-la perquè el Nando es posa davant.*)

MANELIC (*a la Pepa*): Mal llamp de Déu!... Per què he fet tard per dir-l'hi an ella? Per què?

NANDO (*volent-lo calmar*): Manelic!

MANELIC: Que enraoni algú! Qui és el que enraona? Qui de vosaltres? Ja s'ha acabat el riure en aquesta casa: a xerrar ara! (*Agafant al Josep.*) Tu, el germà gran: de què rèieu aquell vespre aquí i a l'ermita? Que davant de Déu us n'enrèieu! Parla! Parla! (*Removent-lo, agafant-lo per un o els dos braços. Les dones esparverades corren d'un lloc a l'altre.*)

PEPA: Marta! Marta!

MANELIC (*deixant al Josep i anant a la Pepa*): No; a la Marta no; a mi; que vui que enraonis!

PEPA: Que t'has tornat boig? (*L'Antònia xiscla.*)

MANELIC (*agafant pel coll a la Pepa*): Sí que ho sóc de boig, sí. Mes jo tinc fam i set de que m'ho digues!... I si no, aquí mateix!... (*Anant-la a escanyar.*)

NANDO: Manelic!

PEPA: Pregunta-ho al Xeixa!

MANELIC (*deixant en sec a la Pepa*): Al Xeixa!...

JOSEP (*al Perruca*): Està rabiós això!

PERRUCA: Jo no hi torno aquí!

MANELIC (*com tornant en si*): Has dit al Xeixa? Mira, per caritat, escolta! No, no fugis! Digue-m'ho tot! Tu has anomenat al Xeixa!?...

NANDO (*perquè no enraoni*): No, Pepa!

PEPA: No, si jo no... (*No sap com excusar-se.*)

MANELIC: Perdona'm de tot, i digue-m'ho! (*Tornant a l'energia i a la feresa.*) Parla! Per Nostre Senyor, que parlis! (*Altre cop furiós.*) Maleïda!

PERRUCA: La Marta és aquí.

ESCENA VII

MARTA, MANELIC, PEPA, ANTÒNIA, JOSEP, NANDO *i* PERRUCA. *La Marta ha apartat la cortina i es queda aturada.*

MANELIC (*asseient-se abatut*): Ah, Déu meu! Que jo no puc viure! Que ara sí que no puc viure!
MARTA: Què voleu aquí?
JOSEP: Venim a moldre, que el Mossèn ens ha dit...
MARTA: La mola és allà fora.
PEPA: Veuràs: com que no teníem pressa...
MARTA: Bé, sí, aneu, que aquí no hi teniu feina.
(*Surten murmurant a mitja veu. S'emporten el blat que ja s'havien deixat a la porta.*)

ESCENA VIII

MARTA, MANELIC.

MANELIC (*assegut lluny de la taula. A part*): El Xeixa? ¿El Xeixa?... Doncs aquell home era el Xeixa?
MARTA (*parant la taula d'un cap. A part*): I quina pena que em fa el mirar-lo! I ara a menjar amb l'amargor tancada aquí dintre!
MANELIC (*a part*): Si ja m'ho podia pensar jo, que ho era, el Xeixa. (*Alçant-se i anant nerviosament per l'escena.*) Si no ho sé què ho va fer que no vaig entrar a la cambra

d'ella per degollar a aquell home! I després an ella! An ella! (*Pausa.*) Pst! És que per això em va voler, la Marta: perquè ja ho veia que no em revenjaria! (*S'ha tornat a seure.*) Aquella nit no vaig fer-ho perquè jo en lo mal... si ni tan sols hi creia! Ara sí, ara sí, que ja se m'han encomanat totes aquestes misèries de la terra baixa!

MARTA (*a part*): Com fer-ho jo, per parlar força amb aquest home, i que ell me parli! Com! Que jo no el vui sempre callat amb mi, despreciant-me! Vui que em castigui! I m'arrossegui per terra! I que em tracti com a una cosa seva! (*Cridant-lo amb por.*) Manelic!

MANELIC (*com si no l'hagués sentida. A part.*): Sentint-la, qui ho diria que no fos una noia qui parla!

MARTA: Manelic!... Que... el dinar ja és a taula.

MANELIC: Ah, sí; el dinar. El dinar. (*S'ha acostat a la taula i comença a llescar pa. Mentrestant la Marta ha anat a la llar. A part.*) I que no costa gaire, no, de degollar a un home! I an ella... an ella menos!... (*Se troba amb la mirada de la Marta que torna.*) Si ella no em mirava! Ah! (*Llença la ganiveta sobre la taula.*)

MARTA: Posa-te'n tu, Manelic. (*Ell se'n posa; després ella. Pausa; mengen.*)

MANELIC (*a part*): Qui fos golut com allà dalt! Perquè els goluts no pateixen. Si no em pot passar res per aquí dintre!

MARTA (*baixet*): Ai, Déu meu! Ajudeu-me!

MANELIC (*a part*): Pst! Que l'ajudin! (*Va a enraonar i s'atura.*)

MARTA: Què? Digue-ho! Què anaves a dir? (*Va cap an ell.*)

MANELIC (*apartant-la amb lo braç*): Res, res, aparta't!

MARTA: Parla un cop a la vida! Jo t'ho demano, per...

MANELIC (*sarcàstic*): Per qui m'ho demanes?

MARTA: Per... per...

MANELIC: Per ell? Per qui? (*Esperant que ella diga.*) I quin fàstic que em fa aquesta dona! Eh! Afarta't tu sola! (*S'aixeca.*) Jo me'n torno a les meves muntanyes! (*Se'n va cap a la porta.*)

MARTA: No, Manelic, no! I escolta'm!... I perdona'm!

MANELIC (*molt exaltat*): Que et perdoni? Ira de Déu!... Què t'havia fet, jo? Enraona! Per què m'havies d'enganyar a mi? Per què?

MARTA: Perquè no era ningú, jo! Que era sense voluntat, i obeïa! I ni t'havia mirat mai! Ni t'estimava! Ni sabia què era tenir voluntat per un altre!

MANELIC: Doncs per què t'has casat amb mi, i no et vas casar amb aquell home! Digue-ho! (*Rabiós sempre.*) Que no ho sé jo el perquè, i em consumo, i em torno boig per saber-ho! (*Corrent a ella.*) Per què? Per què? Respon-me!

MARTA: Ah, això no! Que tu m'avorriries encara més del que m'avorreixes!

MANELIC: Avorrir-te? Matar-te hauria de fer jo, que és sols lo que mereixes!

MARTA: Oh, sí, matar-me, sí; que això és lo que desitjo!

MANELIC: No, no; abans anar-me'n. Anar-me'n d'aquí per sempre.

MARTA (*rabiosa per aturar-lo*): És que no goses a parlar-me! No, no; no t'atreveixes! (*Anant darrera d'ell desespera-*

da.) És que em tens por; me tens por, a mi! Covard! Por! Por!

MANELIC: (*aturant-se*): Que...! Que jo et tinc por? (*A l'aturar-se ell, ella canvia de cop plorant perquè es quedi.*)

MARTA: Parla'm! Insulta'm! Pega'm! Mes no te'n vagis! (*S'abraça als seus genolls sanglotant.*)

MANELIC: Deixa'm anar, que això és un toll de misèries! Eh! Rebolca-t'hi! (*Desprenent-se d'ella i anant cap a la porta. Ella cau apoiant-se en un braç a terra.*)

MARTA (*per aturar-lo, rabiosa i plorant*): Sí, sí; amb el que jo estimo! (*Agenollada avança cap a la porta.*) Que t'he enganyat a tu! I tu no em castigues! (*En Manelic s'atura. A part.*) No se'n va, no! (*Alt, suplicant.*) Manelic! (*Ell, que ha dubtat, va a sortir.*) I sóc tota de l'altre!... I de tu no ho sóc, no ho sóc!

MANELIC (*tornant enrera, amenaçant-la amb lo puny*): Que callis! Calla! Calla! (*La Marta s'ha alçat.*)

MARTA (*satisfeta de que ell no se'n vagi*): I t'he enganyat jo, i estic contenta d'haver-te enganyat! I mira: me n'en ric de tu, com tothom, mira! (*Riu com boja.*) Sí, sí, me n'en ric! I encara espero l'altre! (*Ell corre cap a la taula i agafa la ganiveta.*)

MANELIC: Pel nom de Déu que aquí mateix...!

MARTA (*corrent a agafar-lo pel braç esquerre*): Sí, sí, t'enganyo! Encara t'enganyo! Que vindrà l'altre! (*Arrenca una rialla férestega.*)

MANELIC (*alçant la ganiveta*): Que et mataré!

MARTA (*rient i plorant*): Mata'm! Mata'm! A que no em mates!

MANELIC: Què anava a fer! No puc, no!

MARTA (*refermant-s'hi al veure que s'aparta*): Ah, covard! Que ja es veu que t'has venut per diners! (*Agafant-se a Manelic perquè la fereixi.*)

MANELIC: Doncs té! Maleïda! (*Ferint-la en un braç.*)

MARTA: Ah! (*Satisfeta.*) A la fi!

MANELIC (*llençant lo ganivet amb espant*): Oh, Déu meu! Què he fet jo!

MARTA: És sang! Sang meva! I tu has sigut!... (*Sostenint-se a la taula.*) Oh, quin goig! Si ric! Mira com ric! I ara ric d'alegria!

MANELIC: Maleït jo! Maleït jo cent cops, que sóc com les bèsties salvatgines! (*Quedant assegut en una cadira i rebregant-se el cap entre les mans.*)

MARTA (*corrent a ell i caient de genolls i abraçant-s'hi*): No, no! Si et dic que estic contenta! Si jo vui que acabis amb mi! Que jo vui que em matis! Vine!... Aquí... a dintre el pit!

MANELIC (*volent-se apartar amb terror*): No! No! Deixa'm!

MARTA (*plorant sense deixar-lo apartar*): Si és que jo no puc viure d'aquesta manera! (*Ella es va apoderant del cor d'en Manelic.*) Que he sigut amb tu la dona més dolenta del món; i això no ho puc desfer!... Ni el passat de la meva vida tampoc, que no hi ha forces que ho desfacin! (*Amb desesperació.*) Vine, vine; que en tant que volia viure no he tingut coratge per dir-te el que he fet jo i el que he consentit, i ara que em vas a matar, ara t'ho diré tot, ara!

MANELIC (*que l'ha volguda interrompre*): Sí! Digue-m'ho. Digue-m'ho.

MARTA (*sanglotant rabiosa*): M'han tractat com a una pedra dels camins, que es fa anar amb els peus perquè rodoli! Mata'm! Mata'm!

MANELIC (*subjectant-la, plorant*): Marta! Ai, Marta!... Si jo no et puc matar, no, perquè t'estimo, Marta! T'estimo! I t'estimava des d'allà dalt, al pujar tu, que jo era un grapat de neu que es va fondre mirant-te. I t'he estimat encara més al venir a trobar-te, pobre de mi, davallant a salts, com l'aigua dels cims a ajuntar-se amb l'aigua de la mar, que diuen que és amarganta! Que ho siga, d'amarganta; que ho siga; ella atrau com tu m'atraus a mi; perquè et desitjo i t'estimo, Marta! (*Ella es vol despendre d'ell amb energia bregant.*) I ara més, ara més; per... perquè no ho sé el perquè, ni em fa el saber-ho! Perquè m'has enganyat potser; perquè he sentit la calor de la teva sang; perquè t'he respirat a tota tu tot jo! I mira, per mi no hi ha lleis d'ací baix ni res que m'aturi, que els llamps i les mestralades m'han fet lliure, i vui, jo, perquè ho vui, besar-te i mossegar-te fins a l'ànima, i estrenye't en mos braços ofegant-t'hi en ells, confonent en un afany rabiós la mort i la vida, com a home i com a fera, que ho sóc i ho vui ser sempre home i fera, tot junt, tot, contra de tu i amb tu, i contra tothom, de la terra. (*La té a ella en sos braços mig desmaida. Mira cap a la banda de la cortina i se l'emporta ràpid a l'altra banda en sos braços.*) I ara que me la vinguen a pendre! Ira de Déu! Que vinguen!

MARTA: Déu meu.

MANELIC: Marta: ets meva! (*Aixecant-la en sos braços i anant-la a besar.*)

MARTA: No! No! (*No consentint-ho i fugint d'ell.*)

MANELIC: Marta?!

MARTA (*resolta*): No; perdonar-me aixís, no! Que tu em perdones perquè no ho saps tot encara. Doncs a saber-ho al punt, i per mi mateixa. I després lo que Déu vulga!

MANELIC: A saber-ho, sí; mes no ací baix, Marta, que el cel s'ha enterbolit amb lo baf de tantes misèries, i Déu no et veuria la cara quan parlessis.

MARTA: Doncs allà dalt; i ara mateix!

MANELIC: Sí, anem-hi, sí, que allà es perdona tot; que no és com aquí baix, on tot se corromp. Quin fàstic. (*Enduent-se-la.*) Que allà dalt, Marta, fins els cossos en la neu se conserven: ves què faran les ànimes!

MARTA: Oh, anem-hi, anem-hi de pressa! (*Van per sortir.*)

ESCENA IX

MARTA, MANELIC, MOSSÈN, *després* SEBASTIÀ.

MOSSÈN: Doncs què tenim de nou?

MARTA (*a part*): El Mossèn! Oh, Déu meu!

MANELIC: Oh, i que veniu al punt, a fe! Veureu: digueu-li a l'amo que li torno el molí, i... que grans mercès, Mossèn. I… prou; que vaja, que me'n duc lo que és meu. Anem's-en, Marta.

MOSSÈN (*sens entendre'l*): Però… què és lo que t'endús?

MANELIC: I ben clar que ho he dit: que me n'enduc a la Marta.

MARTA (*a part*): Sí, sí, acabem. (*Va a sortir.*)

MOSSÈN: Tot això ho conteu a l'amo, que ja ha tornat.

MARTA: Que el Sebastià és aquí! Oh, anem's-en! (*Ella va a sortir; en Manelic sens entendre-la, la segueix. En Mossèn riu sarcàstic. Al ser ella a la porta es troba amb en Sebastià.*)

SEBASTIÀ (*rient satisfet*): Ja t'he atrapat! Mira-te-la, Mossèn, que em sortia a rebre! (*La Marta retrocedeix. En Mossèn segueix irònic.*)

MOSSÈN: Sí, prou!

MARTA: Manelic: no t'apartis!

SEBASTIÀ (*que no ha comprès res*): I més content que vinc, Marta! Perquè ja s'ha arreglat el meu casament, i aquest vespre mateix arriba el pare de la meva promesa a donar un cop d'ull per aquí.

MARTA (*a part*): Ai, Déu!

SEBASTIÀ (*al Mossèn*): Què té aquella?

MOSSÈN (*rient*): Pregunteu-l'hi.

MANELIC: Ja us ho diré; que me'n vaig amb la Marta.

SEBASTIÀ (*corrent a ella furiós*): Marta: què està dient aquest home! Contesta'm! Que em contestis!

MARTA: Sí, que ens en anem!

SEBASTIÀ: Marta! Marta! Que tu te'n vas amb ell! Ira de Déu! (*Agafant-la per un braç i sacsejant-la.*)

MANELIC (*interposant-s'hi*): Nostramo! Què feu, nostramo! Que és la Marta!

SEBASTIÀ (*al Manelic*): I tu què t'has pensat? Si jo d'això en disposo! Jo, jo en disposo!

MANELIC: És meva! És la meva dona!

SEBASTIÀ (*rient irònic*): Teva? Teva la Marta!

MARTA: Sí que ho sóc, sí!

SEBASTIÀ: Marta!

MARTA: Tot s'ha acabat, tot! (*Agafant-se al Manelic.*)

SEBASTIÀ: Mossèn: aquells que vinguen, i treu-me d'aquí a aquest home! (*Mossèn va a la porta del porxo i crida a tothom.*)

ESCENA X

MARTA, MANELIC, SEBASTIÀ, MOSSÈN, PEPA, ANTÒNIA, JOSEP, NANDO, PERRUCA *i altres.*

MANELIC: A mi? I per què m'han de treure, a mi?

SEBASTIÀ: Perquè aquí jo sóc l'amo com abans. De tu, i de tot, i d'ella! D'ella!

MARTA: No l'escoltis! Anem's-en, Manelic!

MANELIC: Anem's-en!

SEBASTIÀ: Tu endur-te-la! Oh, té! Per brètols! (*Pega una bufetada a en Manelic.*)

MANELIC (*rabiós*): Ah! A mi!

MARTA: Manelic! (*Amb tristesa, després amb ira.*) Manelic, que t'ha pegat! Revenja-t'hi!

MANELIC (*plorant rabiós*): Oh, quina ràbia! Però si ell és l'amo!

MARTA: No és l'amo, no; que ell m'ha perdut. A mi! Ell! Ell! Que és la meva deshonra!

MANELIC (*a Sebastià*): Vós! Oh!... Tu! (*Anant-s'hi a tirar a sobre rabiós.*) Lladre! Pillastre! Lladre! Lladre!

MOSSÈN (*als pagesos que contenen al Manelic*): Traieu-lo!

JOSEP (*amb los altres*): Correu! A l'amo!

MANELIC: Que et mataré!

SEBASTIÀ: Traieu-lo! A fora! Com un gos rabiós!

MANELIC: Que vui sa vida! Que jo vui sa vida!

SEBASTIÀ (*anant a la Marta*): I aquesta meva per sempre!

MARTA: Manelic!

MANELIC: No! És meva! Lladre! Ja et trobaré, ja et trobaré, lladre! (*La gent treu al Manelic fora i el Sebastià subjecta a la Marta.*)

ACTE TERCER

La mateixa decoració dels actes anteriors. És cap al tard.

ESCENA PRIMERA

JOSEP, NANDO *i després* PERRUCA. *A l'aixecar-se el teló estaran asseguts i tristos.*

JOSEP: Jo pateixo, Nando; creu-me que jo pateixo.

NANDO: No cridis, que et pot sentir la Marta.

JOSEP: És que l'hem feta massa grossa nosaltres.

NANDO (*alçant la veu*): Sí que l'hem feta, sí; i que no sé com no ens cau la cara de vergonya.

JOSEP: No baladregis, que li convé quietud, a la Marta.

NANDO: Ai, tens raó. (*Pausa.*) És que nosaltres no ho havíem de fer allò d'ajudar a treure al Manelic.

JOSEP: És que si no l'apartem al Manelic, amb l'envestida que duia, pobre del Sebastià!

NANDO: Bueno; separar-los... és clar; però no treure'l com a un gos del molí, i de la seva dona. Mira't, jo al costat del Sebastià no m'hi poso més, mal me rebentin. I deixa'l que entri, al Sebastià, que les hi vui cantar clares.

JOSEP: Jo també les hi vui cantar clares; i si s'ho pren malament que s'ho prengui. (*En Josep ha anat a mirar cap al porxo.*)

NANDO: Encara el Sebastià és aquí fora, eh?

JOSEP: És amb el Mossèn. I fa unes passes amunt i avall de l'era!... Si se li veu que se'l menja la ràbia.

PERRUCA (*entrant cansat*): Ja en vinc, jo; i que he corregut tot lo camí, d'anada i de tornada.

NANDO: Veiam, conta.

PERRUCA: I encara l'amo em diu que sóc un ganso, jo. Per què no hi anava ell, si tant li convenia?

JOSEP: I a on t'ha fet anar, l'amo?

PERRUCA: A que avisés de part seva a la guàrdia civil de que hi havia un minyó, que ell l'ha tret i que es diu Manelic, i que el busquin i el vigilin, perquè aquest minyó, quan nosaltres el trèiem del molí aquesta tarda, l'havia jurada a l'amo que el mataria! I que jo havia sentit quan ho deia.

JOSEP: Tu ho has dit això a la guàrdia civil?

PERRUCA: I sí, de part de l'amo.

NANDO: Ja estàs ben fresc. Te faran anar a declarar, i et tancaran amb el jutge...

JOSEP: I et faran jurar davant d'un Sant Cristo; i ai de tu si t'erres o t'entrebanques, que vas a presidi!

PERRUCA: Com que jo he dit que vosaltres també hi éreu i que ho havíeu sentit!...

NANDO: No m'hi emboliquis a mi! Jo no sé res d'això!

JOSEP (*anguniat*): I jo no hi era, que jo era... Que no senyor, que jo no hi era!

PERRUCA: Gallines, més que gallines! ¿Vosaltres no hi éreu quan ho ha dit el Manelic? Doncs jo tampoc hi era!

ESCENA II

PERRUCA, NANDO, JOSEP, PEPA *i després* ANTÒNIA.

PEPA (*ve del quarto de la Marta*): Què feu? Que la Marta ha volgut descansar una estona!

NANDO (*tornant a baixar la veu*): I com se troba, com?

PEPA: Jo no ho sé ben bé, perquè no en puc treure l'aigua clara. L'hi pregunto, i ella tan aviat plora com s'enrabia; però a mi no em contesta.

JOSEP: I a tu què et sembla? Com acabarà aquest tripijoc?

PEPA: Com acabarà, com acabarà?... Pot acabar de moltes maneres.

NANDO: Jo de tu ho preguntaria a la Marta.

PEPA (*cridant*): Que no et dic que no em contesta!

ANTÒNIA (*ve del quarto de la Marta*): I ara, Pepa! Quins crits, dona!

JOSEP: L'Antònia. Què et sembla a tu de tot això?

ANTÒNIA: Si ja està llest, això: un cop tret al Manelic, la Marta tornarà amb el Sebastià. I l'altre, mira't, a tornar-se bèstia altra vegada, i a menar cabres.

PEPA: La Marta no el podrà veure mai més al Sebastià, que això ja ho sé jo. I el Manelic, a l'anar-se'n, ben clar que ho ha dit que es revenjaria.

PERRUCA: No en sabem res d'aquestes coses nosaltres.

NANDO: Res, res. No hem sentit res.

JOSEP: Nosaltres no sabem res. Res, res. (*Això ho han de dir tots tres casi plegats.*)

PEPA: Jo me'n torno al costat d'ella. Veiam si ho conta tot amb una altra envestida. (*Se n'hi va.*)

JOSEP: Calleu, calleu, que ve el Sebastià.

NANDO: Fem el distret, nosaltres.

ANTÒNIA: Jo fujo. (*Va cap al quarto de la Marta sense acabar de desaparèixer.*)

ESCENA III

SEBASTIÀ, JOSEP, NANDO, PERRUCA, ANTÒNIA *i després* PEPA. *Enfosqueix poc a poc.*

SEBASTIÀ: Antònia! (*No s'adona dels homes, que són a l'altra banda.*)

ANTÒNIA: Vaig a fer-li companyia, jo.

SEBASTIÀ: Que jo et crido. (*Persisteix en fugir ella.*) Que no has sentit que et crido! (*S'atura Antònia.*) ¿Com està aquella?

ANTÒNIA: És al llit, i plora.

SEBASTIÀ: Digue-li que surti, que l'estic esperant.

ANTÒNIA: Hi corro. (*Se'n va.*)

SEBASTIÀ (*a part*): I el pare d'aquella altra que està per arribar a la masia! Quan tot estava arreglat, no faltaria sinó que ara ho hagués embolicat tot aquell pillastre! (*Adonant-se dels homes. Alt.*) Hola! Aquí vosaltres? ¿Ja heu vist al Manelic? Després que un home el treu de la misèria!... Feu favors a bèsties!

NANDO: Sí, sí, és clar; no se'n poden fer, de favors. (*El Sebastià segueix passejant-se impacient perquè no surt la Marta.*)

JOSEP (*a Nando*): No has dit que t'hi quadraries, tu?

NANDO (*a Josep*): I tu també ho has dit.

JOSEP (*a Nando*): Com que sí que m'hi quadraré.

NANDO (*a Josep*): I jo, ves.

SEBASTIÀ (*asseient-se prop de la taula. A part*): I aquesta pitjor que ell, perquè el Manelic, al capdavall... Què m'havia de pensar jo de la Marta!... La remaleïda!... (*En Josep i en Nando s'han estat incitant l'un a l'altre per anar a parlar al Sebastià.*)

JOSEP: Nostramo!

SEBASTIÀ (*pegant un cop a la taula*): Què?

JOSEP: Res.

NANDO: Ara jo, veuràs. (*Anant a parlar a l'amo.*) Doncs... Sebastià...

SEBASTIÀ: Ja l'heu sentit vosaltres al rabiós i al lladre quan se m'anava a tirar a sobre, que si no l'aparteu...

PERRUCA: Aquestos, aquestos.

NANDO: Ells, ells.

JOSEP: Aquestos. (*Dit los tres casi al plegat.*)

SEBASTIÀ: Que em mataria, i que em mataria!... Ben clar que ho ha dit, eh, nois? (*Impacient mirant cap al quarto de la Marta.*)

NANDO: Aquestos ho han sentit.

PERRUCA: Ells, prou.

JOSEP: Jo, com que tot avui que sordejo...

SEBASTIÀ (*a part*): Aquesta dona em vol acabar la paciència!

NANDO (*a Josep*): Si no goses a plantar-li cara!

JOSEP (*a Nando*): Ja veuràs: després tu. Sebastià, que el Manelic... és... valent. Oi que és valent, nostramo?

SEBASTIÀ: Valent? Un bestiota i un pillastre.

JOSEP: Això vui dir; això.

NANDO (*al Sebastià*): Doncs jo dic... que és un pillastre... i una bestiota; i no en trec ni una malla.

JOSEP (*al Nando*): No li haurà agradat gaire el que jo li he dit.

NANDO (*al Josep*): I amb quina mala intenció, jo, eh?

SEBASTIÀ (*a part*): Vaja, que no espero més. (*Alt.*) Marta! (*Anant cap al quarto d'ella.*)

PEPA (*des de la porta*): Diu la Marta que no pot sortir ara.

SEBASTIÀ: Que jo mano que surti!

PEPA: És que està molt trastornada, i de debò, senyor amo... I vaja, que no vol sortir, ara.

SEBASTIÀ: Doncs per força, arrossegant!...

PEPA: És que...

SEBASTIÀ: Pel nom de Déu!... Que em porteu la Marta, o sinó...! (*Amenaçant-la. Fuig dintre la Pepa.*)

JOSEP (*als altres anant-se'n*): Me sembla que ens estaríem millor a fora.

NANDO (*sortint*): No ens emboliquem, que potser s'esbravaria amb nosaltres. (*Surten amb en Perruca, quedant-se al porxo.*)

ESCENA IV

SEBASTIÀ *i* MOSSÈN.

SEBASTIÀ (*a part*): No sembla sinó que tothom estigui empenyat en que jo em perdi avui! Doncs ja que ella no ve... (*Apartant la cortina del quarto de la Marta per entrar-hi.*)

MOSSÈN (*entrant de pressa*): Sebastià, ja em teniu aquí altra vegada.

SEBASTIÀ: Véns de la masia? Què hi ha de nou?

MOSSÈN: Que passen coses molt grosses a casa vostra.

SEBASTIÀ: Encara hi ha més per mi! Si avui no em torno boig no m'hi tornaré mai. Digues.

MOSSÈN: Res, que ja ha arribat a la masia el pare de la vostra promesa.

SEBASTIÀ: Maleït sia l'home! Així se li hagués despenyat el matxo al salt de les Balconeres!

MOSSÈN: Amb això heu de córrer a la masia...

SEBASTIÀ: Ja hi aniré, ja; sinó que ara no... (*Mossèn se'n riu.*) Que per mi aquesta dona és lo primer del món, ara i sempre. (*Per la Marta.*)

MOSSÈN: Sembla mentida!... El que éreu abans, i com us heu tornat ara!

SEBASTIÀ (*furiós*): Ves-te'n d'aquí! Que te'n vagis!

MOSSÈN: Però... que és que no em voleu entendre? ¿Us voleu perdre de totes les maneres? És que l'home ja ho sospita tot lo d'aquí dintre: que tot això del casament de la Marta ha sigut una comèdia; que per gelosia heu tret al Manelic d'aquesta casa!... Sebastià, Sebastià, que aqucst home parla de desfer el casament amb la seva filla!

SEBASTIÀ: Vés-hi tu; vés-hi. I entretén-lo i mira d'enganyar-lo.

MOSSÈN: És que anava a baixar aquí al molí; i si hi arriba, tot està perdut.

SEBASTIÀ: Doncs anem-hi, anem-hi; perquè jo no vui ser pobre, i ara menos: per ella.

MOSSÈN: Gràcies a Déu, home! (*Cridant als del porxo.*) Vosaltres!

SEBASTIÀ: Esteu's-e aquí fora i vigileu el molí. Que ningú entri ni surti.

MOSSÈN: Anem.

SEBASTIÀ: Sí, anem. I jo torno de seguida. De seguida torno. (*Se'n van precipitadament.*)

ESCENA V

JOSEP, NANDO, PERRUCA *i treballadors, que no es mouran del porxo. Després* PEPA *i* ANTÒNIA, *i per últim* NURI. *S'ha anat fent més fosc.*

NANDO (*des de la porta*): Saps que l'amo es torna boig?

JOSEP: Jo em penso que això és art del dimoni.

PERRUCA: Jo m'estaré amb els altres per aquí fora.

ANTÒNIA (*ve del quarto de la Marta*): I deixa-la, Pepa, deixa-la. Jo no m'hi estic més amb aquesta tossuda!

PEPA (*sortint del quarto*): Si és més malcarada!... Ai que és fosc això! (*Encén el llum de sobre la taula.*)

JOSEP: Que no vol venir! Veritat, Antònia?

ANTÒNIA: Que no surt!

PEPA: Jo li preguntava... coses, per distreure-la; i ella amb uns rebufos i un urc, que jo no l'aguanto més: així com així no s'explica.

ANTÒNIA: Ai, sí, sí; ens en anirem a casa. (*Se sent plorar a la Nuri al lluny.*)

JOSEP: Nosaltres no ens podem moure fins que vingui el Sebastià.

NANDO: Sentiu? Sembla que algú plora.

JOSEP: Sí que ploren.

NURI (*entra plorant*): Que jo em canso d'estar sola a casa! Que no m'hi vui estar més a casa!

PEPA: Vine, Nuri.

JOSEP: Té raó la Nuri.

NURI: Que ja no us en recordeu de la pobreta de jo! I... i es feia fosc... i jo tenia por d'estar tota sola!

ANTÒNIA: Per què no et tancaves?

NURI: Si ja m'he tancat! I ai que quan hi penso encara tinc por d'aquella por que tenia! I ai que al venir semblava que em corrien al darrera! I ai que estic cansada de córrer! (*Plorant afadigada.*)

PEPA: Calla, dona, i reposa.

NURI: És que no puc callar, jo, que us ho vui contar, l'espant que he tingut, que encara tremolo.

JOSEP: Què ha estat això?

NURI: Doncs que jo m'estava fent bullir el sopar per a vosaltres, i jo que sento una veu molt fonda, molt fonda, que vingués no sé d'a on, i que deia «Nuri! Nuri!»... I ho deia amb una veu que semblava que sortís d'un pou. Jo que corro i tanco la porta forana, i altre cop més lluny encara... «Nuri! Nuri!»...; que si no que devia ser alguna ànima en pena, jo hauria dit que era el Manelic que cridava i que patia! (*Com si recordant-ho, es fes por ella mateixa.*) «Nuri! Nuri!». (*Espantada.*) Ai, si encara m'esgarrifo!

NANDO: I després què ha passat?

NURI: Després... res. Ah, sí. L'olla que bullia, bullia, i no he sentit res més; i a mi m'ha agafat la por més forta, de no sentir sinó l'olla! I jo que cantant me n'he anat a la porta i l'he oberta d'una revolada. I cantant he corregut fins aquí. (*Canta un instant baixet.*) «Nuri! Nuri!». Ai quina por! Ai! (*Fent un xiscle esglaiada, corre a abraçar-se a la Pepa.*)

PEPA: Vaja, dona, que m'has espantat a mi!

NURI (*de cop*): A on és la Marta?

PEPA: No està gaire bona.

NURI: No? (*Pensativa.*) La pobreta! (*Mirant a tots, que estan tristos.*) I vosaltres feu un posat... Com si estéssiu tristos.

PEPA (*fent lo cor fort*): Sí, tristos! (*Tots riuen per força. Torna a entrar en Perruca.*)

NURI: Quina mena de riure que feu!... (*De cop.*) I a on és el Manelic?

PEPA: Oh, per aquí deu ser.

NURI: A on?

NANDO: Sí, sí; ja hi és, ja.

ANTÒNIA: S'haurà adormit.

JOSEP: I sí, s'haurà adormit per aquí.

NURI: M'ho dieu tot d'una mena de manera...

PEPA: Doncs com vols que t'ho diguem?

NURI (*als homes*): I per què no ens en anem a casa?

JOSEP: Esperem al... que ens ha dit que esperéssim.

NANDO: Al Sebastià, que vol que vigilem, i... (*Los altres li fan senyes perquè calli.*) res més.

NURI: Què vigileu? El què?

JOSEP: Oh, coses, saps? Coses. (*Tots ho diuen.*)

NURI (*arrencant en plor*): Ai, Déu meu, que no sé el que em passa! (*De cop va a mirar al quarto de la dreta.*) Jo vui veure al Manelic! (*Tots parlen baixet reptant-se.*) No hi és! (*Cridant.*) Marta! Manelic! (*Vol anar al quarto de la Marta.*)

PEPA (*no deixant-la passar*): No cridis!

ANTÒNIA: A on vas?

NURI: Que jo el vui veure! Que jo el vui veure!

NANDO: Mossota!

NURI: Doncs vui tornar a plorar! Que vui tenir ganes de plorar, jo! Que al Manelic li ha passat alguna cosa! (*La volen fer callar.*)

PEPA: Però dona...!

NURI: Que potser ja és mort! I que l'heu mort vosaltres, que el fèieu enrabiar massa, al pobret! Dolents, que no teniu bon cor, no; i, ai, que els meus germans són dolents, pobreta de mi, que són dolents! (*L'han volguda fer callar, i acaben per abaixar lo cap avergonyits.*)

NANDO (*als germans*): Nosaltres sols hem cregut a l'amo, i no li hem fet cap mal.

JOSEP (*íd.*): L'hem tret de casa perquè ens ho ha manat l'amo. I que n'estem empenedits.

NANDO: De tot ho estem, de tot.

(*Los altres també ho diuen a mitja veu.*)

NURI: Sí? Doncs així ell tornarà. Ai, que n'estic de contenta! I ara jo el crido fins que em rebenti cridant-lo, i veureu com torna.

JOSEP: Què dius!

PEPA: Estigues quieta aquí.

NURI (*volent sortir*): Si ara no em fa por el Manelic! (*Tots l'aturen.*)

PERRUCA: Nuri!

NANDO: Que no ho vol, l'amo!

NURI: Però vosaltres sí; deixeu-me!... (*S'escapa i va a sortir.*)

JOSEP: Que no cridis!

PEPA: Aquí, Nuri!

ESCENA VI

MARTA, NURI, PEPA, ANTÒNIA, JOSEP, NANDO *i* PERRUCA.

MARTA (*des de la porta*): Nuri!

NURI (*anant-hi*): La Marta! La Marta!

MARTA (*abraçant-s'hi*): Nuri!

NURI: La pobreta Marta! Saps al Manelic?... L'han tret com si no fos ningú, ves!

MARTA: Ja ho sé, Nuri; ja ho sé. Ajuda'm a caminar.

PEPA: Nosaltres te sostindrem.

MARTA: Aparteu-vos vosaltres. (*Plora en silenci.*)

JOSEP: Nosaltres només ho hem fet per obediència!... saps?

MARTA: Infeliços!... Per obediència m'heu tingut sempre malícia, a mi, que mai us havia fet cap mal a vosaltres! I per obediència us heu rigut del Manelic, i l'heu martiritzat! Què us havia fet ell perquè el maltractéssiu així? Què us havia fet?

NURI: No ploris, no. Que jo no vui que ploris. (*Tan aviat la Nuri s'eixuga els ulls com los eixuga a la Marta. Los altres estan amb lo cap baix avergonyits.*)

MARTA: I ara per què priveu de que el cridi, la Nuri? Què se us en dóna a vosaltres?... Si lo que vui ja és anar-me'n amb ell, amb lo meu marit, amunt, sempre muntanyes amunt, fins allà a on no trobem gent que se'n riga de nosaltres! Si encara en trobéssim, i si fins arribessin les rialles al cim de la més alta de les muntanyes, i si encara algú hi pugés d'ací baix a riure-se'n d'un home perquè ha perdonat a una dona empenedida que vol tornar a ser honrada, ens en aniríem encara més amunt, més, que jo l'estimo, i allà a on és Déu no se'n riurien, no, dels que estimen i perdonen.

NANDO (*a mitja veu*): I massa raó que té!

PEPA (*íd*): No sé per què ho havíem de fer.

PERRUCA: Pobra dona! (*Tots tristos i plorosos.*)

NURI: Veus, Marta? Si jo em penso que ploren! Si tots t'estimen! Oi que sí? (*Tots fan que sí amb lo cap.*) Au, vine amb mi; te trobaràs amb ell i us en aneu plegats.

MARTA: Oh, sí; això sí; amb ell! (*Va a sortir amb la Nuri.*)

NANDO: És que això... no pot ser.

JOSEP: Si no fos el Sebastià, prou. Però el Sebastià no ho vol...

MARTA: Ja ho veus, Nuri; no em deixen sortir d'aquí dintre! (*Tots s'acosten a la Marta volent-se excusar.*)

NURI: No li digueu res a la Marta. Que no li sabeu dir res bonic per a consolar-la. Vine, deixa'ls, vine. (*Se l'emporta al seu costat.*)

JOSEP (*a mitja veu*): Doncs jo me'n vaig, que ara em fa molta pena aquesta dona.

PEPA: I a nosaltres també.

NANDO: No ens ha dit l'amo que vigiléssim de fora estant? Doncs anem-hi.

ANTÒNIA: Sí, anem-hi. (*Van sortint.*)

JOSEP (*tornant enrera*): Si vols tancar, Marta... Nosaltres ens en anem a fora, que no et volem fer nosa.

ESCENA VII

MARTA *i* NURI.

MARTA: Tu no te'n vagis, Nuri.

NURI: No, no; jo amb tu. Ningú t'estima tant com jo. Estiguem-nos ben soletes totes dues? Vols que tanqui?

MARTA: Sí, tanca, tanca.

NURI: Doncs té, ja està. I ara què farem? (*Riu bondadosament; després segueix de cop.*) Parlem del Manelic, ara?

MARTA: Ai, Nuri, que m'estic morint d'angúnia aquí dintre! Que aquestes parets m'estan caient a sobre i darrera d'elles me sembla que hi ha el Sebastià que m'arrossega i se m'emporta! Ah, no, això no; que jo vui sortir d'aquesta casa per anar-me'n a on és el Manelic, que jo no sé pas a on és; mes si pogués fugir, jo el trobaria.

NURI: Mira, Marta, jo no ho entenc tot això, saps? Ni tampoc ho entenc que no t'hagin deixat sortir els de casa. Malviatge ells, ves què et dic!

MARTA: Els de casa teva són uns...

NURI (*molt trista*): No ho diguis, Marta, no ho diguis. Ja ho sé, ja! Però són els de casa i... no ho diguis!

MARTA (*abraçant-la*): Nuri: que t'estimo, Nuri!

NURI: Té, ara em tinc malícia a mi mateixa! I una mena de malícia més regrossa, que em tinc, que jo mateixa em bufetejaria!

MARTA: I per què, Nuri?

NURI: Perquè no sé com ho podria fer jo perquè t'escapessis, de seguida, de seguida.

MARTA: Ai, sí, perquè si torna el Sebastià...! Déu meu, que no em trobi aquí dintre!

NURI: Ara em voldria tornar el senyor rector, jo; perquè ell ho sap tot, i ja me l'empescaria, ja, la manera de que t'escapessis. (*Rumiant.*)

MARTA: I ells s'estan allí fora asseguts, vigilant que no me'n vagi! Mira-ho, Nuri, mira-ho.

NURI (*obrint una escletxa*): Sí que hi són, sí, els de casa: que han posat un llum a prop de la porta perquè si t'escapes te vegin.

MARTA: No me'n puc anar, no!

NURI (*rumiant*): Espera't, espera't!

MARTA: Què hi ha, Nuri?

NURI (*molt alegre*): Que m'abracis, vine! I que ja no vui ser el senyor rector, i que em donguis les gràcies, perquè ara mateix vas a sortir d'aquí dintre!

MARTA: Jo, Nuri?

NURI (*rient*): Mireu's-e-la, mireu's-e-la, que contenta! (*Escarnint-la.*) Jo, Nuri? La meva tafanerota i la meva hermosura!

MARTA: No, si no pot ser. Si ja ho sé que no pot ser.

NURI: No cridis; calla. No ho sents que et dic que te n'aniràs de seguida? I jo ho hauré fet; jo, jo sola! ¿Oi que li diràs al Manelic que jo ho he tramat? I mira't, li dónes expressions de part meva, sents? I li dius que quan pugui me n'enviï ell, d'expressions. I, ai, que n'estic de contenta!

MARTA: Mes com, com, Nuri? Explica't, corre!

NURI: Veuràs, i de pressa, de pressa. Jo ara surto i tu tornes a tancar de seguida! I jo me'n vaig al rotllo que fan els germans i els altres, i em posaré a jugar amb ells, i la nit és molt fosca. (*Riu Nuri.*) I tu ja hauràs apagat aquest llum. M'entens, m'entens ara?

MARTA: No, no; digues, digues.

NURI: Ai, i que ruca que és aquesta xicota! Doncs com que la nit és fosca, jo, jugant amb ells els hi donaré un trompasso i els apagaré el llum. I mentres que ells el volen tornar a encendre, i tot fent la boja ho embolico tot, tu obres la porta i t'escapes.

MARTA: Ai, sí, Nuri, sí: de seguida, de seguida!

NURI: Doncs au, que me n'hi vaig ara.

MARTA (*anguniada*): Espera't, espera't. I com ho sabré quan haig de fugir jo?

NURI: Ai, vatua... I quin entrebanc que ha sortit ara! (*Rumiant.*) Doncs ho sabràs... ho sabràs... Ja ho tinc: ho sabràs perquè faré una forta rialla; ben forta, ben forta!

MARTA: Ai, gràcies a Déu! Sí, sí, corre, Nuri.

NURI: Un petó abans.

MARTA: No un petó; mil. Té, té; i que Déu Nostre Senyor t'ho pagui.

NURI: I ara fins... com ho diré jo?... Doncs fins a la rialla.

MARTA: Sí, surt, de pressa. (*La Nuri obre la porta i desapareix; torna després a treure el cap.*)

NURI: I escolta, que no te'n descuidis: dóna-li expressions de part meva, sents?

MARTA: Sí, sí. (*Desapareix la Nuri.*) Que bona que és, Déu meu, que bona!

ESCENA VIII

MARTA.

MARTA: I ara a esperar! A esperar! (*Se posa un mocador al cap.*) Si em sembla que fa un any que espero! Ai Manelic! Ah! el llum. Ja no hi pensava. Aixís no em veuran quan obri la porta. (*Ha apagat el llum, quedant l'escena il·luminada per la llar.*) I si me n'anés per la d'allà dintre? (*Per la porta de la cortina.*) No, no; que també vigilen, i si em topava amb el Sebastià que venia, ai, Reina Santíssima! (*Acostant-se a la porta que va al porxo.*) Per aquesta! Per aquesta! Ai Déu meu: m'ofego!... Aire, aire! (*S'asseu i es torna a alçar tornant a la porta.*) No tan lluny: escoltant, escoltant. Parlen, sí; mes no la sento, a la Nuri. Ara, ara... No és la Nuri, no! Ara enraona!... I no riu ningú. Per què no riuen? A riure! A riure! ¿I si la privessin d'apagar el llum? No, no que Nostre Senyor l'ajudarà an ella! (*Se sent una rialla de la Nuri.*) Ara. A l'últim! Gràcies a Déu! Fujo, fujo! (*Obre la porta i va a sortir.*)

ESCENA IX

MARTA, SEBASTIÀ.

MARTA (*trobant-se amb el Sebastià*): Ah!
SEBASTIÀ: Qui hi ha aquí? (*Entrant i ajustant la porta.*)

MARTA (*a part*): Ah! El Sebastià! (*Corrent a primer terme.*)

SEBASTIÀ: Qui és que sortia? Tu! A on anaves ara?

MARTA (*a part*): Verge Santíssima! Empareu-me!

SEBASTIÀ: Que et pregunto a on anaves a aquesta hora! Que et mano que em respongues a on anaves. (*Agafant-la per un braç.*)

MARTA: Deixa'm! Que et dic que em deixis!

SEBASTIÀ: Si estàs morta de por! Si tota tremoles! (*Deixant-la anar amb despreci.*) Vés, vés que em fas llàstima!

MARTA (*a part*): Ah, que em voldria morir ara!

SEBASTIÀ: I mira't, treu-te el mocador del cap, treu-te'l, que t'estàs descobrint. (*Ella se'l treu de pressa; ell se posa a riure.*) Veus, dona, veus com te n'anaves?

MARTA (*resolta*): Doncs sí, sí; me n'anava! I me'n vaig d'aquí, que ningú té dret d'aturar-me!

SEBASTIÀ: Així m'agrada, així. Que t'atreveixis a dir-m'ho a la cara.

MARTA: Sebastià; jo t'ho demano; deixa'm sortir d'aquesta casa!

SEBASTIÀ: Si la sento i no em sembla que és ella mateixa! (*Rient sarcàstic.*) Que la deixi sortir.

MARTA: Oh, no riguis, no riguis! Sebastià: per Déu, no riguis!

SEBASTIÀ: Que no rigui? Què vols que faci, doncs, sentint-te jo? ¿Que vols que et faci trossos i que t'esclafi aquí mateix amb els peus? (*Rient.*) No, no; si val més que me'n rigui!

MARTA: Doncs vés-te'n tu; vés-te'n i deixa'm; i cala foc al molí, si vols, i mata-m'hi a dintre.

SEBASTIÀ: Que jo et deixi sortir... o que me'n vagi, o que et mati!... Per qui m'has pres tu? Que jo et deixi sortir? (*Corrent a la porta.*) Doncs mira si et deixo sortir; mira, mira; surt ara. (*Tancant la porta.*)

MARTA: No, no; això no! Obre, per Déu; obre!

SEBASTIÀ: No; aquí tancats tu i jo, tots sols! Aquí s'ha acabat el món per a nosaltres, i tot lo del món: terra i cel, i tot; tot és aquí dintre!

MARTA (*retrocedint*): Jesús Déu meu!

SEBASTIÀ: Tu em vols a mi. A mi tot sol, perquè ho he sacrificat tot per tu; perquè jo he sofert com un condemnat portant-te a aquest home, perquè jo et necessito per respirar i per viure, que sense tu no puc viure ni respirar! I mira, el que jo no vui, perquè em desespera, és que em diguis que an ell te l'estimes! (*Desesperat.*) Això no, això no!

MARTA: Que no t'ho diga que me l'estimo jo? ¿Que això et fa ràbia i et desespera? Ai, gràcies a Déu que m'has donat una alegria en aquest món! Sí, sí, me l'estimo, me l'estimo amb tota la meva vida, i amb tota la meva sang, i amb tota la meva ànima que me l'estimo!

SEBASTIÀ: Calla, calla!

MARTA: Si encara que m'escanyessis, com t'ho estic dient t'ho diria. Si és lo únic que puc dir en aquest món sense que me'n dongui vergonya!

SEBASTIÀ: Que has de callar, t'he dit!

MARTA: Si és que tinc de defensar-me jo per ell! Per ell i tan sols per ell! La Marta... no és res la Marta; mes la dona del Manelic ho és tot, perquè és la seva dona!

SEBASTIÀ (*desesperat*): Tu m'has volgut perdre i t'has sortit amb la teva. Res me fa que tot s'esgavelli i que per mi tot s'acabi! I ja està dit; que tu te'n véns amb mi a casa meva, i si em perdo jo ens perdrem plegats, que has sigut meva, i ets meva, i seràs meva!

MARTA: Vés-te'n!... Primer que aquí se m'obri la terra i se me'n dugui!

SEBASTIÀ: Que s'obri, sí; mes per tots dos, i tots dos condemnem-nos!

MARTA: Deixa'm! Calla!... Manelic!

SEBASTIÀ: Oh, no l'anomenis!

MARTA: Manelic!

SEBASTIÀ: Tu te'n véns amb mi, ara!

MARTA: A trossos m'hi duràs: viva no, ni arrossegant-me!

SEBASTIÀ: Viva o morta! Què em fa? (*Agafant-la.*)

MARTA: No aparta't! Que no!

SEBASTIÀ (*rient bestialment*): Si encara t'estimo més així! Si quan més rabiosa més t'estimo!

MARTA: Deixa'm! Deixa'm! (*Desprenent-se d'ell i corrent al mig.*)

SEBASTIÀ: Mira't que em torno boig i que pertot veig sang!...

MARTA: Si t'acostes, ja que no et puc matar, t'unglejo la cara i t'escupo! Amb mi t'atreveixes, covard: amb el Manelic no!

SEBASTIÀ: Amb ell, i amb tu, i amb tot el món per tu! (*Anant-hi.*)

MARTA: No t'acostis! No! Manelic!

SEBASTIÀ (*corrent a agafar-la*): Doncs ara ho veuràs!

ESCENA X

MARTA, SEBASTIÀ *i* MANELIC, *per la porta del quarto de la Marta.*

MANELIC (*interposant-s'hi*): Que ara ho veurà li has dit? Ara ho veurem nosaltres!

MARTA (*abraçant-s'hi*): Manelic!

MANELIC: Marta!

SEBASTIÀ (*que ha retrocedit*): Tu aquí? Per on has entrat?

MANELIC: Per on entraves tu! Per la teva porta d'amo i de lladre! Doncs què et pensaves? T'he espiat i t'he seguit. Arrossegant-me he arribat a la paret i m'hi he arrapat amb els dits i amb les ungles!... Ja sóc aquí!... I ja estem sols! I ja estem cara a cara!

SEBASTIÀ: Vés-te'n o si no...!

MANELIC (*rient*): Que me'n vagi! Se creu que encara em mana a mi, al que ho aguanta tot! Això es pensa, això, Marta! Doncs no; que ja tot s'ha trasmudat aquí dintre, que ara el qui mana sóc jo. I ara ho veuràs si sóc l'amo!

SEBASTIÀ: L'amo, tu? Espera't, doncs! (*Intentant anar a obrir la porta.*)

MARTA (*comprenent-ho*): Manelic!

MANELIC (*corrent a la porta*): No t'escapes! Covard! T'he dit que sols jo i tu! Que vinc per ella, que és meva. I que vinc per tu; com que vinc a matar-te!

SEBASTIÀ: A mi!...Tu a mi?

MANELIC: A tu! A tu!

SEBASTIÀ: És que jo també ser matar homes!

MANELIC: I jo llops! Aquí tens a la Marta! No la volies? Aquí la tens! A endur-se-la el qui puga, que amb sang se guanya! (*Traient-se un ganivet.*)

SEBASTIÀ: Ah, covard, que véns armat.

MANELIC: Del cor més... més que tu; del braç no, ni em cal, que l'arma em sobra. (*Llençant-la a terra.*) Té; mira-la.

MARTA (*corrent al Manelic*): Què fas!

MANELIC (*apartant-la*): Aparta't! I ara ja estem iguals. Què esperes?

SEBASTIÀ: Doncs t'has perdut, que et mataré!... (*Corrent a agafar el ganivet que és a terra.*)

MARTA: Ah!

MANELIC (*posant-hi el peu a sobre*): No, això no! Au, corre, agafa'l ara!

SEBASTIÀ (*retrocedint*): Maleït sia jo!

MANELIC: No hi has sigut a temps! (*Riu feréstec.*) Doncs ara tot s'ha acabat per tu! (*Tirant-se a sobre del Sebastià.*) A morir ara!

MARTA: Oh, Déu meu!

SEBASTIÀ: Jo! A tu et mataré!

MANELIC (*tenint-lo agafat pel coll*): Defensa't, si pots, covard! Defensa't.

SEBASTIÀ: Ma gent! Aquí!

MANELIC: Crida als gossos de pressa! Crida'ls!

SEBASTIÀ: M'ofego!

MARTA (*caient agenollada*): Reina Santíssima!

MANELIC: Ni pots defensar-te! Ni en saps! Ni et valdria! Què em fa? Té, more't i more't de cara an ella! (*Llençant-lo de cara a la Marta.*)

MARTA (*alçant-se esglaiada*): Ah! Jesús!

MANELIC: Aquí el tens... a l'amo! (*Pausa. Corre després a obrir la porta.*) Tothom aquí! Veniu! Tothom aquí!

ESCENA XI

MANELIC, SEBASTIÀ, MARTA, PEPA, ANTÒNIA, JOSEP, NANDO, PERRUCA *i altres.* Marta *està mig desmaiada, sostenint-se en la taula per no caure.*

NANDO (*en veu baixa*): Què passa?

MANELIC: Que us cridava l'amo.

JOSEP (*en veu baixa*): Mort!

PEPA (*íd*): Jesús!

(*Exclamació de tothom al veure el cadavre.*)

MANELIC: I ara vosaltres a riure força! A riure! I tu, Marta, vine!

MARTA: Sí, sí! Anem's-en, anem's-en!...

MANELIC (*emportant-se-la a braços*): Lluny de la terra baixa! (*Perquè li obrin pas.*) Fora tothom! Aparteu's-e! He mort el llop! He mort el llop! He mort el llop!

(*Ho va repetint cridant mentres s'allunya.*)

TELÓ

APÈNDIX

Vida i obra d'Àngel Guimerà

Infància i joventut

Àngel Guimerà i Jorge va néixer el 1845 a Santa Cruz de Tenerife, a les illes Canàries. El seu pare, Agustí Guimerà, negociant de vins del Vendrell, i la seva mare, Margarita Jorge, no es van casar fins uns anys després, segons un costum força habitual allí.

Quan va ser un escriptor famós amagava zelosament aquesta circumstància que hauria estat prou malvista al Principat, i deia que havia nascut el 1849. Aquest secret curosament guardat va reflectir-se en alguns personatges de les seves obres teatrals que patien un refús de la societat per una mena d'estigma lligat als seus orígens, ja que havien perdut els pares i havien estat explotats per algú (com Marta de *Terra baixa*), ja que eren fills bords (com Marcó d'*En Pólvora*) o ja que algun dels pares pertanyia a una altra raça (com Saïd de *Mar i cel*).

El 1853 la seva família es va traslladar al Vendrell. Però, encara que a poc a poc es va anar adaptant a la llengua catalana, als nous costums i als nous amics, durant força temps va enyorar les Canàries.

Cap al final de la dècada de 1860, Àngel Guimerà se sentia plenament català, ardentment català: era un catalanista encès i combatiu; però dintre seu va restar una mena de complex de mestissatge, que va quedar plasmat en alguns dels seus personatges que pertanyen a dos móns culturals oposats.

Per aquesta època va tenir un desengany amorós molt fort amb Maria Rubió, veïna seva del Vendrell. Després va restar solter tota la vida i va mostrar sempre un gran afecte per la seva mare.

Per altra banda, l'amor home-dona entre els seus personatges tendeix a realitzar-se plenament a través del matrimoni, un cop superats els obstacles posats per un antagonista. L'amor transforma l'ésser marginat i li dóna el lloc en la vida que abans no posseïa, com ocorre a Marta de *Terra baixa* i com hauria desitjat per a ell mateix l'autor.

El 1870 la seva família s'instal·la a Barcelona.

El poeta

Àngel Guimerà escriu poemes, publica articles i el 1871 és un dels fundadors de la revista *La Renaixensa*, que uns anys més tard va dirigir.

Per ser reconegut poeta llavors calia guanyar als Jocs Florals. El 1875 rep un accèssit pel poema «Indíbil i Mandoni» i el 1877 guanya els tres premis amb «L'any mil»,

«El darrer plant d'en Clarís» i «Romiatge»; és, doncs, coronat Mestre en Gai Saber.

La seva poesia a voltes és intimista, lírica, altres vegades narrativa, èpica. Precisament, algun d'aquests poemes narratius va ser desenrotllat més endavant en drames romàntics, en peces teatrals.

Àngel Guimerà va esdevenir un dels poetes cabdals de la Reinaxença, juntament amb Jacint Verdaguer. Va ser també un orador notable, defensor incansable del moviment de recuperació de Catalunya.

El dramaturg

La grandiositat de concepció d'algun dels seus poemes narratius, la plasticitat de les seves escenes i la seva visió romàntica de la història devien fer pensar a Àngel Guimerà que podia escriure tragèdies segons els gustos del públic barceloní.

Quan va iniciar la seva producció teatral, Guimerà no es va incorporar al Realisme, sinó que va partir del drama romàntic de l'època de la Restauració, que era escrit en vers. Aquest drama romàntic mitificava el nostre passat medieval a través de personatges aristocràtics. Es componia de tres actes, al darrer dels quals moria el protagonista. Aquest teatre romàntic també va mostrar interès per certs elements realistes i va introduir el tema rural, bo i mitificant els costums tradicionals.

Primera etapa: la tragèdia romàntica

El 1879 s'estrenà la seva primera tragèdia, *Gala Placídia*, en la qual aporta algunes innovacions: canvia el vers de set síl·labes pel de deu, molt més sonor, i cerca els temes històrics en la tradició cultural europea, no en el passat català.

Després va escriure *Judit de Welp* (1833) i *El fill del rei* (1886), que el va consagrar com a autor teatral. La seva fama es va començar a estendre.

L'obra culminant d'aquest període va ser *Mar i cel* (1888), que assoleix una gran tensió dramàtica. Va ser traduïda a diversos idiomes. Àngel Guimerà esdevé, doncs, un dramaturg amb projecció internacional.

Tanca aquest període *La boja* (1890), amb personatges populars i escenes quotidianes, que assenyala el camí de l'autor cap al drama.

Segona etapa: la plenitud del drama

El període comprès entre 1890 i 1900 és el moment de plenitud d'Àngel Guimerà, tant al teatre com a la vida pública: el 1885 havia estat un dels portadors del Memorial de Greuges i el 1885 va ser elegit president de l'Ateneu Barcelonès, l'entitat cultural més important de la Ciutat Comtal.

Abandona el to solemne, deixa el vers i s'aproxima als afers quotidians: escriu comèdies de costums com *La sala d'espera* (1890), pren una actitud enfront de l'agitació social de l'època a *En Pólvora* (1893) o a *La festa del blat* (1896) i dóna instruments a la política catalanista amb evocacions històriques com *Mort d'en Jaume d'Urgell* (1896).

El cim de la seva producció teatral arriba en tres obres en què Guimerà, que ha assimilat elements romàntics i realistes, mostra un estil personal molt elaborat i consolidat: *Maria Rosa* (1894), *Terra baixa* (1897) i *La filla del mar* (1900).

Tercera etapa: intents modernistes

Àngel Guimerà havia construït el seu llenguatge teatral i era un autor internacional, fins al punt que va ser proposat per al premi Nobel (1904), que no li va ser atorgat per raons polítiques, segons sembla.

Guimerà deixa el seu estil per fer provatures modernistes tant en el vessant naturalista —*L'aranya* (1906)— com en el simbolista —*La santa espina* (1907) o *La reina vella* (1908)—, però no acaba de trobar-hi el seu lloc. Vacil·la. Retorna a les velles formes del teatre històric.

Però malgrat tot, és un mite vivent, un símbol del redreçament català: el 1909 rep un homenatge multitudinari i el 1911 és nomenat membre de l'Institut d'Estudis Catalans.

Darrera etapa: retorn als orígens

Després de sis anys de silenci, potser produït per la crisi del nostre teatre relacionada amb el Noucentisme, escriu una condemna a la guerra: *Jesús que torna* (1917).

L'autor vol retornar al teatre del segle XIX, que tanta fama li havia donat. Novament compon teatre de reis i cabdills, com *Indíbil i Mandoni* (1917), però ja no obté els grans èxits anteriors.

El 1924, en morir, va deixar a mig fer el drama *Per dret diví*, que va acabar el poeta Lluís Via i que va ser estrenat dos anys després. El seu enterrament va esdevenir una manifestació popular.